KB274835

항상 깔끔하게 정장을 차려 입던 박인환 시인.

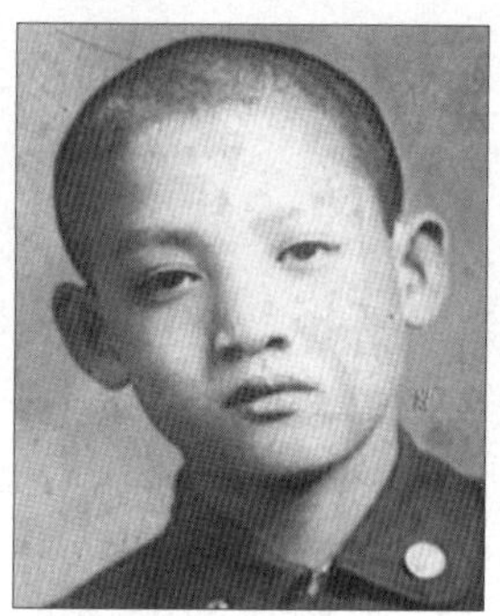

경기공립중학교 재학 시절.

평양의학전문학교 재학 시절.

박인환 기념우표.

1947년 3월. 예술서점 마리서사 앞에서 시인 임호권(왼쪽)과 함께.

1948년 봄. 덕수궁 석조전에서 열린 박인환의 결혼식. 소설가 박영준, 송지영, 이봉구와
시인 김경린, 극작가 이진섭이 앞줄에 앉아 있고, 시인 김광균과 양병식을 비롯한 동료
문인들이 뒷줄에 서 있다.

명동 거리에서. 왼쪽부터 이진섭, 박인환, 이봉래, 차태진(영화감독).

1955년 박인환의 첫 시집 『선시집』의 출판 기념회. 박인환과 그의 아내 이정숙, 그리고
시인 오상순.

그 사람 이름 박인환

강원희 지음

※ 이 책을 펴내는 데에 박인환 시인 유가족의 도움이 있었습니다.

이 도서의 국립중앙도서관 출판시도서목록(CIP)은 e-CIP홈페이지(http://www.nl.go.kr/ecip)와 국가자료공동목록시스템(http://www.nl.go.kr/kolisnet)에서 이용하실 수 있습니다. (CIP제어번호 : CIP2011004773)

김현은 기형도의 시집 해설에서 이렇게 말했다.

"그의 육체를 기억하는 사람들이 다 사라져 없어져버릴 때,
죽은 사람은 다시 죽는다.
그의 사진을 보거나 그의 초상을 보고서도
그가 누구인지를 기억해내는 사람이 하나도 없게 될 때,
무서워라, 그때에 그는 정말로 없음의 세계로 들어간다."

누가 한 시인을 시의 십자가에 못 박았을까? 서른한 살,
예수보다 일찍 세상을 떠난 시인 박인환, 예수는 딸린 가족

이 없었지만 이 젊은 시인에게는 꽃 같은 아내와 여린 잎새 같은 세 아이가 있었다.

식민지 시대에 태어나 태평양 전쟁과 6·25 전쟁을 겪고, 시대의 파란에 맞서 온몸으로 시를 쓰며 31세의 짧은 생애를 불꽃처럼 살다 간 시인 박인환. 그의 시처럼 생과 사의 눈부신 외접선을 그은 그의 삶의 궤적을 돌아보면 신성한 순교의 느낌마저 들어 마음이 숙연해진다. 세 자녀가 포화 속에서 태어나고 커갈 수밖에 없었던 절박한 상황 속에서도 그의 시에는 파릇한 희망이 묻어 있었다.

6·25 전쟁의 한복판에서도 기적처럼 살아남았던 그는 왜 갑자기 세상을 떠난 것일까? 한 아버지가 하늘로 떠나고 세 아이가 이 땅에 남겨졌다. 그렇다면 시인이기 전에 세 아이의 아버지였던 그가 남긴 진정한 대표작은 포화 속에서 푸르게 살아남아 장성한 세 자녀가 아닐까?

그들에게는 시인이 남긴 시가 바로 아버지의 목소리이자 품이었다. 박인환의 시는 그의 아들에게 탯줄처럼 이어져 시를 쓰게 했다. 우리의 심장은 부모의 발자국 소리로부터 온다고 하지 않던가. 아버지의 발자국 소리는 아들의 심장으로 이어져 이 세상에 숨을 보태고 있는 것이다.

두 아들이 장성해 세상을 떠날 때 남편의 나이였을 무렵 시인의 아내는 살얼음판을 걷는 듯 애가 탔다고 한다. 아버지보다 나이가 든 두 아들은 사진 속의 아버지를 보노라면 누가 아버지고 누가 아들인지 구분할 수 없을 정도라고 한다.

시인은 풋풋한 젊음을 훈장처럼 달고 뭇 숙녀들의 연인이 되어 있다. 순백의 소녀들은 「목마와 숙녀」를 읽으면서 비로소 날개돋이를 끝내고 숙녀가 되어갔다. 시인의 향기로운 시에 찔린 문학소녀들은 생인손을 앓으며 습작기를 거치고 시인의 무덤 앞에 꽃을 놓았다. 그가 어떠한 가파른 삶을 살았는지 까마득히 모르는 채.

필자가 스위스 융프라우에 갔을 때, 어떤 연인에 대한 이야기를 들은 적이 있다. 융프라우의 얼음 골짜기에 한 청년이 빠져 죽었다. 그리고 그가 사랑하던 여인은 세월이 흘러 할머니가 되었다. 골짜기의 얼음이 녹으면서 지난날 그곳에서 사라진 청년이 발견되었다. 두 연인은 다시 만났지만 한 사람은 청년의 모습이었고 다른 한 사람은 할머니의 모습이었다. 그들처럼 박인환 시인은 지금도 서른한 살의 모습이지만 그가 사랑하던 아내는 여든다섯이 되었다.

박인환 시인의 50주기 때, 그가 생전에 남해호를 타고 돌아보았던 이국의 항구들을 찾아갔다. 로스앤젤레스에서 비행기를 타고 갈 거리였으나 자동차를 타고 올림피아, 터코마,

아나코테스, 포트앤젤레스, 포틀랜드, 시애틀, 에베레트 등을 돌아보았다. 낯선 항구 어디쯤에선가 시인의 그림자와 발자국을 만날 수 있을 것만 같았다.

그 사람 이름, 박인환. 그가 떠난 지 어느덧 쉰다섯 해, 반세기의 문턱을 넘어섰다. 그는 이정표 같은 발자국을 찍으며 서둘러 그가 쓴 시 속으로 그렇게 떠났다. 그러나 그는 떠난 것이 아니라 오고 있는 것인지도 모른다.

강원도 인제의 '박인환 거리'에 가면 오랫동안 잊고 있었던 한 시인을 만날 수 있다. 그곳에서 음각으로 새겨진 시인 이름 앞에 "한 잔의 술을 마시고 버지니아 울프의 생애와 목마를 타고 떠난 숙녀의 옷자락"을 이야기할 수 있다.

명동백작으로 군림하던 신화 속의 시인에게 진솔한 옷 한 벌을 바친다. 이 옷은 시인의 가족들과 친구들이 추억의 문을 열고 들려준 이야기를 깁고 꿰맨 것으로 백작 같은 귀족이 입을 만한 옷은 아니다. 다만 꾸밈없이 지은 정직한 한 벌의 옷일 뿐이다. 우리가 사는 불투명한 이 시대, 시인의 삶과 시는 슬프도록 눈부시다.

2011년 10월
로스앤젤레스에서 강원희

당신의 시를 읽고 있는 여기가 그립습니까

봄이 오기엔 아직 이른 3월의 어느 날, 초저녁잠을 자던 나는 외할아버지의 다급한 목소리에 잠에서 깼다.

"세형아 이놈아, 일어나거라. 네 아비가 죽었다!"
"응? 아빠가 죽어?"

나는 안방에서 사랑채로 뛰쳐나갔다. 휑하니 널따란 방 한가운데 고요히 누워 있는 아버지, 하얀 옥양목에 덮여 있었다. 목침 위에 받쳐진 하얀 대리석 같던 얼굴.

1956년 3월 20일, 나는 아버지를 잃었다. 나는 아홉 살, 아버지는 서른한 살이었다. 망우리 묘지에 아버지를 묻고 돌

아온 그다음 날, 이른 새벽부터 앞이 보이지 않게 장대비가
내렸다.

댓돌에 발을 딛고 마루 끝에 앉은 나는 오랫동안 멍하니
쏟아지는 빗줄기를 바라보았다. 3월에 너무나도 어울리지 않
는 비, 문득 이 세상에 아버지가 없다는 생각을 했다. 며칠
전만 해도 우리와 함께하던 아버지인데 지금은 없는 분이 되
었다. 죽음은 있는 것을 없애는 것인가.

어머니와 우리 삼남매는 외할아버지의 그늘에서 자랐다.
한없이 은혜를 주신 외할아버지가 아니었더라면 우리들의 성
장 과정은 어떠했을까 싶다. 그러나 가장인 아버지가 없는
생활은 비록 외할아버지와 어머니가 그 자리를 대신하였으나
무언가 텅 빈 것이었다. 나는 한 가지 의문을 떨쳐버리지 못
하고 자랐다. 아버지는 왜 일찍 떠나야 했을까?

아버지
서른하나의 젊은 나이
당신께서는 눈을 감지도 못하셨습니다.
당신께서는 무엇이 그리 안타까우셨습니까.
당신의 문학, 가족, 그 무엇이 그토록 당신을 눈감지 못
하게 하였더란 말입니까.

이제는 장성한 어린 딸과 두 아들이
당신의 시를 읽고 있는 여기가 그립습니까.

중학교에 들어갔을 때쯤 나는 내 나름대로 답을 찾게 되었다. 문학이 그를 일찍 죽게 했다고. 문학에 온몸과 마음을 던져 사는 것이 아버지를 너무 일찍 떠나게 했다고 말이다. 그러나 아버지가 문학을 하지 않았다면 시인 박인환은 어찌 되는 것인가?

나는 어느 대학 국문과에 입학했다. 아버지가 가장 존경한 분이자 가까운 사이였던 박영준 선생이 계신 대학이었다. 이른 봄, 교정에 흐드러진 진달래를 볼 때면 나는 강의실에 앉아 있기보다 근처 시장으로 달려 나가 소주를 마시며 객담에 취하는 것이 좋았다.

신촌에서 광화문으로 옮겨가 음악다방에 죽치고 앉아 비틀즈의 노래를 들으면 세상이 온통 내 것인 양 거침없던 시절, 귀갓길 머릿속에 가득했던 별똥별. 나는 머리를 휘저었다. '문학은 안 해!' 스물한 살, 아버지보다 10년을 덜 살고 있던 나는 그랬다.

에베렛 이국의 항구

그날 봄비가 내릴 때

돈나 캠벨 잘 있거라

바람에 펄럭이는 너의 잿빛 머리

열병에 걸린 사람처럼

내 머리는 화끈거린다

- 박인환, 「이국 항구」 부분

때때로 나는 텅 빈 강의실 칠판에 이 시를 써보곤 했다. 이국 항구의 정취, 아버지가 살던 이 세상은 그저 어느 이국 항구에 지나지 않았을까.

대학 논문을 들고 박영준 선생님 댁을 찾았다. 소설론을 썼는데 학사논문이 대게 그러했듯, 내 것 역시 도서관에서 자료를 찾아다 짜깁기한 볼품없는 것이었다. 제대 후 1년 동안 입사 준비에 분주하게 지냈으니 논문 제출은 통과의례로 생각했을 뿐 정성을 들이지 못한 게 사실이었다. 빨리 졸업해서 생활전선으로 나가 여동생의 짐을 하루라도 덜어줘야겠다는 일념뿐이었다.

"취직했다며? 자네는 시를 쓸 줄 알았는데……."

"아버지가 시인이었다고 아들까지 그러리란 법은 없지요."

나의 이 당돌한 말에 선생님의 얼굴이 굳어졌다. 선생님 댁을 빠져나와 걷는 그 골목길, 나는 얼굴이 벌겋게 달아올라 있었다. 빨리 아무런 술집에나 들어가 술에 취해 나를 잊고 싶었다. 그러나 나는 그러지 않았다. 나는 아버지보다 오래 살고 싶었다. 한 가장으로 살고 싶었다. 어머니의 아들로서, 동생들의 오빠와 형으로서 가족을 부양해야 하는 나의 현실을 잘 알고 있었다.

1976년에 박인환 시집 『목마와 숙녀』(근역서재)가 간행되었다. 시인이 떠난 지 20년 만이었다. 1955년 아버지가 살아계실 때 출간된 『선시집』(산호장)의 "아내 정숙에게 보낸다"는 헌사는 어머니의 동의로 뺐다. 『목마와 숙녀』는 우리 모두에게 보내는 아버지의 새로운 시집일 것이라는 생각 때문이었다.

1982년에는 『세월이 가면』(근역서재)이 출간되었다. "박인환의 문학과 그 주변"이라는 부제를 달았는데 아버지의 선배와 동료 문인 16명의 박인환 교류기와 산문, 영화평, 편지글을 실었다.

　나는 살아온 해를 헤아리며 살았다. 마흔이 될 때까지 그랬다. 서른두 살이 되었을 때 ‘아버지보다 한 해를 더 살고 있구나’ 하고 생각하는 그런 식이었다. 이제는 그렇지 않다. 마흔이 지나고부터 그런 강박관념에서 놓여날 수 있었다. 이젠 언제고 떠날 수 있다는 생각에 이르렀다.

세상에서 바라보는 눈길을
바로 바라보는 용기가 있는가, 우리는

비 오는 날은
무엇이든 버리고
무엇이든 바라지 않는
지혜가 있는가, 우리는

우리가 살고 있는 이 시간이
언젠가 바로 사라질지 모른다는
예감이 있는가

어디 먼 데로 고요한 여행을
순식간에 할 수 있다는

생각은 또 어떤가, 우리는

- 박세형, 「우리는」

　회사 생활을 중도에 접고 동료들과 어울려 공룡 같은 대기업을 상대로 다윗과 골리앗의 싸움을 시작했을 때, 나는 한편 미친 듯이 시를 쓰고 있었다. 가장으로서의 짐을 벗어버리고 투혼을 발휘하고 있을 때 찾아온 시 쓰기에 대한 열정. 시는 나와 관계없다고 생각했는데 나는 어느새 틈틈이 습작을 하고 있었고, 얼마 후인 1990년 12월 『바람이 이렇게 다정하면』이라는 시집을 출간했다.

　고 조병화 시인은 그 머리말에 아래와 같이 썼다.

　참으로 감개무량하다. 가장 가깝던 친구 박인환 시인의 아들 박세형 군의 시집에 서문을 쓰다니. (……)

　시인은 실로 고독한 단독자이다. 그 고독한 단독자를 일생 동안 견디어낼 만한 오기와 의지와 꿈과 실력이 있어야 된다고 생각한다. 박세형 군도 그 고독한 단독자의 한 사람이다. 그 고독한 단독자로서 첫 출발을 하고 있는 것이다.

시집을 들고 맨 처음 찾아간 사람은 어머니였다. 어머니는 "내 사주에 천권이 있다더니 시인의 아내이던 내가 시인의 어미가 되었구나" 하며 뿌듯해하셨다.

나는 아버지를 통해 시를 알고, 시를 쓰고 있다.

박인환 시인의 장남
시인 박세형

일곱 살 때 아버지가 돌아가시고 긴 세월이 지나 오늘 처음 '어린 딸'이 아버지에 대한 글을 적습니다.

어린 시절부터 지금까지 아버지께서 제 마음속에 불어넣어 주신 아버지에 대한 자랑스러움과 그로 인한 자부심, 그것은 아버지의 시에 대한 이해와 함께 저의 의식 속에 삶을 살아나가는 절대적인 정신적 기저가 되었습니다.

우리 다섯 식구가 아버지 친구들과 함께 덕수궁에 놀러 갔던 일, 저녁이 되면 아버지가 한 봉지 가득 과자를 사 들고 오시던 일, 동생과 함께 아버지 발등에 올라 춤을 추듯 걷거나 목말을 타고 방에서 창밖을 내다보며 놀던 일, 아버지가 돌아가신 날 광화문 우리 집에 많은 사람이 모여 있던 일……. 이렇게 손가락으로 꼽을 만큼 아버지에 대한 저의 기억은 희미합니다. 하지만 신기하게도 아버지의 모습은 마치 사진을 보듯 생생하게 떠오릅니다. 어릴 적 저를 '세파'라고 부르시던 아버지의 육성이 들리는 듯하기도 합니다.

서른한 해, 아버지는 너무나도 짧은 생애를 사셨습니다. 그러나 불안하고 무질서한 환경 속에서 아버지는 어느 누구보다도 많은 시를 쓰셨고 어려움 속에서 시집을 내셨습니다. 「어린 딸에게」라는 아버지의 시가 저에게 쓰신 것이라는 사실을 안 것은 제가 초등학교를 졸업할 무렵이었습니다. 그 시는 그 시절 전쟁의 포화 속에서 태어난 모든 이들을 향한 시나 다름없습니다.

대학에 다니면서 아버지에 대한 말을 많이 듣게 되었습니다. 내게도 아버지의 딸로서 조금이나마 문학적 소질이 있을지 모른다는 생각에 문학클럽 활동을 잠시 하기도 했고, 강의 시간에 교수님이 아버지에 대한 이야기를 하면 가슴이 설레고 벅찼습니다. 또 저의 소중한 추억의 장소라도 되듯 아버지가 다니셨던 명동 거리를 이곳저곳 돌아다니기도 했습니다.

아버지가 우리의 근대문학사상 모더니즘의 기수로서 중요한 위치를 차지하고 있으면서도 많은 사람에게 알려질 수 없었던 것은, 그 당시 사회적 환경과 짧은 활동 시기 때문이라고 생각합니다.

아버지께서는 무척 다정다감하신 분이셨습니다. 지금까지 우리 삼남매가 간직하고 있는 아버지의 편지들, 부산 피란 시절 때와 미국에 잠시 다녀오셨을 때의 편지를 보면 어쩌면 그리 자상하신지 모르겠습니다. 어머니로부터 그 옛날 열렬했던 연애 시절 이야기를 들으면 우리들의 그것에 비할 수 없는 아름다움을 느낍니다. 아버지께서는 진정한 멋이 무엇인지 아신 분이었습니다. 어린 시절 쓸쓸한 마음에 아버지가 있는 친구들을 부러워한 적도 있지만, 자라면서 느낀 아버지에 대한 자랑스러움이 그 빈자리를 채워주었습니다.

아버지는 비록 한 권의 『선시집』만을 남기고 가셨지만 그 속에 담긴 수많은 언어와 사상, 사랑의 속삭임으로 오늘 우리가 이 각박하고 위험한 세상을 살아가는 데 더없이 큰 힘을 주셨습니다. 이는 우리들 삼남매가 아버지의 자녀로서 어느 누구 앞에라도 떳떳이 나설 수 있도록 끊임없이 지도를 해주시는 것입니다.

「세월이 가면」에 쓰신 것처럼 아버지께서는 당신의 시 속에서, 그리고 당신의 시를 아는 모든 사람의 가슴속에 시를 통해 살아계십니다.

아버지가 가진 글재주를 조금도 물려받지 못한 저의 초라
한 이 글이 아버지를 좋아하고 아버지의 시를 아끼는 많은
분에게 작으나마 감사의 표시가 될 수 있으면 좋겠습니다.

박인환 시인의 딸

박세화

· 차례

저자 서문 — 3

당신의 시를 읽고 있는 여기가 그립습니까 — 7

「어린 딸에게」의 세파 이야기 — 15

1 강원도 인제, 시몽보다 흰 눈이 내리는 마을 — 20

2 영화를 사랑한 앙팡 테리블 — 36

3 예술서점 마리서사를 열다 — 48

4 사랑의 Parabola — 55

5 백합처럼 향기를 풍기고 온 그 겨울 — 65

6 새로운 도시와 시민들의 합창 — 75

7 검은 준열의 시대 — 79

8 후반기를 위하여 — 105

9 명동백작 박인환 — 110

10 한국의 '제3의 사나이' — 116

11 아메리카 시초 — 128

12 처음이자 마지막 시집, 『선시집』 — 158

13 세월이 가면 — 165

14 주머니 속의 마지막 시 — 170

15 박인환을 보내며_ 문우들의 기록 — 189

주요 작품 — 201

작가 연보 — 233

1

강원도 인제,
시몽보다 흰 눈이 내리는 마을

박인환은 1926년 8월 15일 강원도 인제군 인제면 상동리 159번지에서 아버지 박광선과 어머니 함숙형 사이의 4남 2녀 중 맏아들로 태어났다.

상동리는 소양강 상류가 초승달처럼 땅을 감싸 안고 흐르는 자연의 풍광이 뛰어난 강가 마을이었다. 어린 인환은 마을 앞 강에서 물장구를 치며 새파란 유년의 꿈을 키웠다. 물장구를 치며 어린 몸을 씻는 그의 손금에는 잎맥처럼 푸른 강줄기가 흐르고 있었다.

상동리는 달이 유난히 밝았다. 강이 낳아 기르는 산줄기 때문이었다. 산은 강에 깊은 그늘을 드리우며 십 리 밖의 달빛을 쓸어 모았다. 어린 인환은 달빛을 실어 나르는 푸른 강을 바라보면서 강물을 따라가고 싶은 충동을 느끼곤 했다. 달빛 강을 따라가다 보면 언젠가는 바다처럼 드넓은 세상과 만날 수 있으리라 생각했다.

어린 인환의 가장 다정한 친구는 인제의 자연이었다. 바람과 새들이 옮겨 온 생명이 움트는 원시의 숲, 연필심처럼 가는 빛으로 금을 그으며 날아다니는 반딧불, 밑바닥에서 돌 구르는 소리를 내며 도도하게 흐르는 강, 흐린 날이면 멀어졌다가도 갠 날이면 화해를 청하는 동무처럼 성큼 다가서는 산, 비가 갠 새파란 하늘에 느닷없이 걸리던 무지개, 그리고 밤이면 정수리에서 막 돋아난 듯 별자리를 그리며 떠오르던 별.

박인환의 아버지 박광선은 밀양 박씨 귀정공파 19대 손으로, 그의 가문은 300년 전 황해도 재령에서 인제로 터전을 옮겨 와 오랜 시간 그곳에서 일가를 일구어왔다. 박광선은 세련된 외모에 진취적인 사고방식을 지녔으며 늘 정장을 차려 입었다. 윗대로부터 대대로 물려받은 토지가 있었으므로 박광선의 집안은 꽤 여유로운 편이었다. 그는 중등교육을 받은 후 여러 지방과 도시를 다니면서 산판(山坂) 사업을 벌였다.

박인환의 어머니 함숙형은 강원도 간성 사람으로, 빼어난 외모에 서당에서 한문을 익혔을 정도로 교양을 갖추었으나 성품은 섬세하고 온화한 전형적인 조선 여성이었다. 관절염을 앓아 다리가 약간 불편했던 그녀는 어린 인환을 무릎에 앉히고 틈틈이 전래동화나 지역에서 전해 내려오는 민간설화를 들려주며 아들의 문학적인 상상력을 일깨워주었다.

인환은 여덟 살에 인제공립보통학교에 입학했다. 그의 어머니는 집에서 거리가 먼 면 소재지의 학교를 다니는 어린 인환이 안쓰러워, 수업이 끝날 즈음이면 학교 운동장의 오래된 은행나무 밑에서 아들을 기다리곤 했다. 늙은 은행나무는 어머니의 시름처럼 깊은 그늘을 만들어주었다.

개구쟁이 악동으로 소문난 아이가 인환의 어머니 뒤에서 절룩거리며 걷는 어머니의 모습을 흉내 내면 먼발치에서 지켜보던 어린 인환의 마음은 쓰리도록 아팠다.

"인환아!"

어머니가 이름을 부르면 어린 인환은 말없이 달려가 그 품에 깊숙이 안겼다. 인환은 다리가 불편한 어머니 곁에 늘 자랑스러운 아들이 버티고 있다는 것을 보여주기 위해 어머니의 손을 힘껏 잡았다. 어린 인환은 다리가 불편해서 절룩거리며 걷는 사람을 절대로 앞지르지 않았다. 그것은 그가 어른이 되어서도 이어졌다.

그 옛날 학교 운동회는 마을 축제였다. 운동회는 온 마을 사람들을 순수한 동심으로 이끌었다. 달리기를 잘하던 인환은 달리기 선수로 출전했다. 인환은 앞서 달리던 아이들을 따돌리고 한 아이와 1등을 겨루었다. 그런데 마지막으로 함께 달린 아이가 바로 어머니를 놀리던 바로 그 개구쟁이였다. 인환은 성난 바람처럼 달려 그 아이를 앞질렀다.

"박인환! 이겨라!"

아이들의 함성이 가오리 모양의 운동장에 울려 퍼졌다. 인환을 응원하는 소리 중에는 특히 여자아이들의 목소리가 높았다. 수줍은 여자아이들은 그의 이름을 마음껏 부를 수 있는 기회가 지금이다 싶어 흙 묻은 손을 흔들며 인환의 이름을 목청껏 불렀다.

그때 함께 달리던 아이가 결승선을 앞두고 그만 넘어지고 말았다. 그 아이는 아이들이 지켜보는 가운데 보릿자루처럼 쓰러지더니 다리를 절룩거리며 일어섰다. 인환은 달리기를 멈추고 그 아이를 부축해 어깨동무를 하면서 함께 결승선을 향해 갔다. 그러자 운동장에 모인 아이들이 하늘까지 닿을 만큼 큰 소리로 그의 이름을 외쳤다.

"박인환! 잘한다!"
"장하다! 박인환!"

아이들이 외치는 목소리로 푸른 하늘은 점점 높아만 가고 운동회는 그렇게 막을 내렸다. 그리고 그 악동 아이는 인환과 둘도 없는 친구가 되었다. 이처럼 인환은 자신에게 해를 끼친 아이라 하더라도 친구로 만드는 특별한 성품을 지닌 아이였다.

3학년 때, 담임선생이 어머니의 고향인 간성으로 전근을 가게 되자 반장이었던 인환은 60명에 이르던 반 아이들을 이끌고 20리나 떨어진 관제리까지 눈물로 전송했다. 그의 담임선생은 언젠가 인환이 쓴 일기장을 보면서 훗날 우리말로 글을 쓰는 사람이 되면 좋겠다고 말한 적이 있었다. 일기장을 통해 인환의 꿈을 알고 있었던 것이다.

"꿈을 꾸는 순간 하늘이 움직인다는 말이 있단다. 가슴이 뛰는 일, 그게 바로 꿈인 거란다."

담임선생의 그 말은 어린 인환의 가슴에 갑골문자처럼 새겨졌다. 박인환의 담임은 그 당시 주시경 선생을 비롯한 한글학자들의 모임인 조선어학회가 주도하던 '말모이 작전'에 남모르게 참여하고 있었다. 식민지 시대였던 당시의 일본어 교육정책에 따라 우리의 말과 글, 이름마저 빼앗기게 되자 전국 14개 학교에서 500여 명의 어린 학생들이 일본인의 눈을 피해 우리말 모으기 대장정을 은밀히 펼치고 있었다. 이것이 말모이 작전이었다. 인환의 담임선생은 주시경 선생의 말을 빌려 "말은 사람의 특징이며 겨레의 보람이며 문화의 표상이다. 말과 글을 잃으면 민족이 망한다"는 것을 항상 아이들의 가슴에 깊이 심어주었다.

선생님을 전송하고 돌아오는 길에 아이들은 합강천에서 은빛으로 빛나는 물고기 떼와 함께 물장구를 치면서 달이 차오르도록 소리치며 노래를 불렀다.

"달아 달아, 밝은 달아. 이태백이 놀던 달아."

반 아이들은 정든 선생님과의 이별의 아쉬움을 풀어낼 길이 없어 달빛에 빛살을 퉁기는 물고기 떼와 함께 물장구를 치고 노래를 부르며 석별의 정을 달랬다.

겨울이 되어 폭설이 내리면 마을은 온통 흰 수의를 입은 것처럼 하얀 눈 나라로 변했고, 마을 사람들은 눈이 녹을 때까지 오도 가도 못한 채 섬마을 사람들처럼 갇혀 살아야 했다. 상동리에 눈이 내리는 날이면 아이들은 합강천이 내려다보이는 언덕에 모여 눈사람을 만들었다.

인환은 누구보다 커다란 눈사람을 만들었다. 다른 아이들이 눈을 뭉쳐 솔가지나 숯덩이로 눈사람의 얼굴을 만드는 동안 그는 합강천에서 주워 온 조약돌로 눈사람의 심장을 만들어 몸통을 굴렸다.

'눈사람에게도 마음은 있으니까.'

박인환은 ≪신태양≫(1949년부터 1959년까지 발행된 월간 대중 잡지)에 쓴 글에서 인제에서의 어린 시절을 이렇게 회고했다.

나는 인제에서 태어났다. 1년에 한두 번씩 지방순회극단이 온다는 것이 내가 자라날 무렵의 마을 최대의 즐거운 일이며 그다음엔 학교 운동회, 이 정도밖엔 내 고향에서는 일이 없었다. 장마철에 4~5일간 비가 내리면 춘천에서부터의 산길이 무너져 자동차는 근 한 달 가까이 통행치 않아 교통 통신은 완전히 차단되고, 이것뿐이랴 말뿐인 방파제는 아주 힘없이 파손되어 대홍수는 마을을 덮어 나는 예배당 종각 위에 올라가 우리 집은 물론 소, 돼지, 사람 들이 떠내려가던 것을 본 생생한 기억이 남아 있다.

내가 소학교 3학년 때 우리 담임선생님이 간성으로 전근되었다. 나는 60명 가까운 학급생을 데리고 읍성에서 한 20리나 될 관제리까지 전송을 했다. 돌아오는 길 소양강, 아니 한강 상류인 마을 앞 강은 오대산에 그 원천을 두고 청명하게 또는 줄기차게 흐르며 맑은 강물 아래로 수없이 생선이 약동하는 것을 보았다. 그래서 그날 오후 이웃 동무들과 강가에 가서 고기잡이를 하고 밤늦도록 '달아 달아 밝은 달아 이태백이 놀던 달아'를 우렁차게 부르며 돌아왔다.

목사님이 애국가를 가르쳐주신 덕택으로 나는 8·15 해방 날 그것을 외울 수 있었으나 그분은 형무소에 잡혀갔다. 그래서 우리들은 손목에 수갑을 차고 경춘 버스를 타고 떠나는 목사님을 보고 울었다.

나는 아직 나를 자랑할 수 없으나 확실히 강원도는 순박하고 순수하고 그리고 인간의 정서를 말하는 것 같다. 아니 강원도의 산은 푸르고 강물이 맑고 달은 밝다. 10리

도 못 가서 물이 흐르며 울창한 원시림에서는 끊임없이 새
소리가 들린다. 겨울이면 구르몽의 '시몽'보다도 흰 눈이
내린다. 밤이 새어 창을 내다보면 어젯밤 눈은 오랜 절실
과 같이 이어 나리고 있다. 그러나 우리는 추위도 모르고
눈사람을 만들었다.

봄이 온다. 긴 겨울을 보낸 마을 사람들은 봄이 온 것
을 무한히 즐기며 산으로 들로 천렵을 나가 집을 비워도
도적을 맞은 사람은 하나도 없었다. (……) 강원도에는 별
로 출중한 인물이 나오지 못했다. 해방 후 두 명의 장관과
몇 명의 차관급이 강원도 태생이었다. 허나 그 벼슬과 같
은 것이 무슨 소용이 있으랴! 그저 남을 해치기 싫고 그렇
다 하여 짧은 인생에 과분한 욕심이 없는 강원인의 근성을
나는 배반할 수가 없다.

- 박인환, ≪신태양≫, 1954년 4월

어린 인환의 마음을 사로잡은 것은 일 년에 한두 번 인제
를 찾아오는 지방순회극단이었다. 무채색의 옷을 입은 마을
사람들 틈 속에서 화려한 옷의 유랑극단의 모습은 오색 만
장(輓章)처럼 돋보였다.

극단 사람들은 울긋불긋 분장을 하고 〈춘향전〉이나 〈심청전〉 같은 연극을 선보였다. 어느 때는 남자 배우가 여장을 하고 여성 역할을 하는 경우도 있었다. 여기에 변사의 우스꽝스러운 언변이 보태지면 사람들이 모인 곳은 웃음바다가 되었다. 극단 사람들의 웃음 뒤에는 까닭 모를 슬픔과 더불어 유랑의 먼지가 묻은 자유의 몸짓이 배어 있었다.

유랑극단이 공연을 하던 자리에서는 때때로 가마니로 천막을 치고 영화가 상영되기도 했다. 어머니의 무명치마처럼 하얀 천 위로 빛이 쏟아지고 낡은 필름이 돌아가면 장막에 빗줄기가 내리는 것만 같아 어떤 사람들은 진짜 비가 내리는 줄 알고 우산을 펴 들기도 했고, 아낙네들은 뚜껑을 덮지 않은 장독이 생각나 서둘러 집으로 돌아가기도 했다.

천막극장에서 상영된 영화는 대부분 미성년자 불가인 경우가 많아 아이들은 쫓겨나기 일쑤였지만, 호기심이 많은 인환은 친구들과 함께 몰래 천막 안으로 숨어들어 그림자 같은 사람들이 움직이는 활동사진을 훔쳐보았다.

천막극장의 활동사진은 어린 인환에게 신선한 충격을 주었다. 활동사진 속의 흑백 사람들은 인제에서 마주치는 마을 사람들과는 생판 모습이 다른 먼 나라 사람들이었다. 인환은 영화를 통해 낯선 사람들의 또 다른 세상을 발견하게 되었다.

어린 인환은 병풍처럼 첩첩이 둘러선 산 너머에 어떤 세상이 있는지 늘 궁금했다. 마치 꿈 너머 꿈을 상상하듯 어린 인환의 머릿속에는 새 발자국처럼 의문부호가 찍혔다.

유년시절, 인환의 아버지는 대나무를 잘라 인환에게 연을 만들어주곤 했었다. 인환이 사는 강가 마을에는 늘 바람이 아이들의 친구가 되어주었다. 인환의 아버지는 한지로 만든 연에 산봉우리를 그리고 두 봉우리 사이에 둥근 달을 그렸다.

"이 연은 '삼봉산 눈쟁이' 연이라고 한단다. 삼봉산에 달이 뜨면 총공격을 하라며 이순신 장군이 전시에 사용했던 연이지. 어린 시절 할아버지가 아버지에게 처음 만들어주신 것도 바로 이 연이란다. 연에는 비상하는 기상이 있단다. 집 안에 연을 걸어두는 것도 그 때문이란다."

인환은 아이들과 함께 가네고개에서 연을 날리곤 했다. 삼봉산 눈쟁이 연은 빙글빙글 돌면서 푸른 하늘을 높이 들어올렸다. 연은 인환의 꿈도 팽팽하게 끌어당겼다. 인환의 꿈을 실은 연은 나선형으로 돌면서 하늘 끝까지 날아올랐다.

아이들은 연줄에 사기 가루로 개미를 먹여 서로의 연줄을 끊는 놀이를 하기도 했다. 팽팽하게 당겨진 연줄이 '툭' 하늘을 놓치면 삼봉산 눈쟁이 연은 보라매처럼 인환의 마음을 가로채 먼 산 너머로 포물선을 그리며 사라져갔다.

'나도 언젠가는 저 산 너머 하늘 끝까지 가볼 테야.'

상동리에는 종탑의 십자가가 구름에 묻힐 만큼 높은 예배당이 하나 있었다. 종탑 지붕 위에서 쉬고 있던 새들은 예배당의 종이 울리면 화들짝 놀라 씨앗처럼 흩어졌다. 저녁종이 울리면 상동리 사람들은 하던 일을 멈추고 가만히 종소리에 귀를 기울였다. 밭을 갈던 농부들은 소의 걸음을 멈추게 했고, 감자밭을 매던 아낙네들은 호미질하던 손길을 멈추었고, 강에서 물장구를 치던 아이들도 물속에서 나와 지는 햇살에 젖은 몸을 말리며 예배당의 종탑을 바라보았다.

소리를 듣지 못하던 종지기 할아버지가 울리는 새벽 종소리는 상동리 사람들의 아침을 깨웠다. 마을의 누군가가 세상을 떠났을 때에도 종지기 할아버지는 힘차게 종을 울렸다. 남의 집 종살이를 했던 종지기 할아버지가 치는 종소리 끝에는 까닭 모를 슬픔이 딸려와 마을 사람들의 가슴을 울렸다.

'누군가 또 세상을 떠난 것일까?'

인환은 때때로 예배당에 다니는 아이들과 함께 어울려 종을 울리곤 했다. 아이들은 종에 매달린 줄에 잎사귀처럼 다닥다닥 손바닥을 모아 힘을 보탰다. 그렇게 종소리가 한바탕 마을의 적막을 깨우고 나면 제 나라 말과 글을 잃은 아이들은 답답한 가슴마저 후련하게 헹구어진 것만 같았다.

"종은 세상 사람들에게 혼자가 아니라는 것을 알려주기 위해 울리는 거란다. 그리고 종이 울리는 그 순간 자신이 누구인지를 알아야 한다는 것을 일깨워준단다."

어린 인환은 우리가 조선인이라는 것과 비록 우리가 말과 글, 이름마저 빼앗겼지만 일본의 황국신민이 아니라는 것을 일깨워주고자 했던 목사의 말뜻을 깊이 알아들을 수 없었지만, 아이들과 어울리기 위해 예배당에 다녔다. 아이들과 함께 줄에 매달려 종을 치는 일은 눈사람을 만들거나 연을 날리는 것보다 가슴 후련하고 신나는 일이었기 때문이다. 더구나 목사가 들려주는 성경 이야기는 먼 낯선 나라의 이야기로 마치 천막극장에서 상영되던 활동사진 속의 사람들처럼 인환에게 이국적인 호기심을 불러일으켰다.

그런데 어느 때부터인가 예배당의 종이 울리지 않았다. 일본 순사들이 총알을 만들기 위해 종을 가져가 버린 것이다. 그들은 집집마다 쳐들어가 놋으로 된 대야나 수저, 징, 심지어 무당이 굿판에서 쓰는 방울마저 빼앗아 갔다. 아이들의 뇌리에 일본 순사는 무엇이든 잡아가는 존재로 남아, 우는 아기들조차 순사가 나타났다고 하면 울음을 뚝 그쳤다.

일본 순사들이 종탑에서 종을 끌어내리자 예배당의 종은 어미 곁에서 떨어지는 송아지처럼 땅바닥에 엎드려 억지로 끌려갔다. 그 후 다시는 상동리에서 예배당의 종소리를 들을 수 없었다. 빈 종루만이 노래를 잃은 슬픈 거인처럼 긴 그림자를 드리우며 우두커니 서 있을 뿐이었다. 얼마 후 종지기 할아버지는 종적을 감추었다.

인환은 종소리 없이도 새벽에 깨어났다. 종소리를 들은 것만 같은 환청이 생겼던 것이다. 예배당의 종을 그렇게 일본 순사들에게 빼앗긴 후 목사는 아이들에게 애국가를 가르쳤다. 아이들이 학교에서 일본어를 배우고 일본 국가를 부르는 게 종을 빼앗긴 것만큼이나 안타까웠던 것이다.

"우리의 말과 글을 빼앗기는 것은 우리의 혼을 빼앗기는 것이나 다름없다. 우리 민족이 살아남으려면 우리의 말과 글을 잃어버려선 안 된다. 조선 사람이면서 조선인의 목소리를 낼 수 없는 것은 벙어리가 된 종루와 같아.”

아이들은 이가 빠진 낡은 풍금 소리에 맞추어 목사가 가르쳐주는 애국가를 목청이 터지도록 불렀다. 아이들에게 애국가를 가르쳤다는 이유로 목사는 일본 순사에게 잡혀갔다. 종을 울리던 목사의 손에는 수갑이 채워졌고 아이들은 경춘버스를 타고 떠나가는 목사를 보면서 울고 또 울었다. 일본 순사가 우는 아이들을 다 잡아간다고 겁을 줘도 아이들은 울음을 그칠 수가 없었다.

목사마저 잡혀간 그해 여름, 사나흘 동안 비가 쉬지 않고 내리자 상동리에 큰 홍수가 났다. 언젠가 목사가 이야기해준 ‘노아의 방주’처럼 대홍수가 온 마을을 덮치자 인환은 예배당 종탑 꼭대기에 올라 손차양을 하고 물에 잠긴 마을을 참담한 심정으로 바라보았다. 집들이 물에 잠기고 물에 떠내려가는 사람들과 소와 돼지들이 아우성쳤지만 그 누구도 어떻게 손을 쓸 수가 없었다. 선량하고 지순한 인제 사람들에게 자연이 보여준 폭력은 그토록 무서운 것이었다.

인환은 예배당 종탑이 쓰러지고, 담벼락에 쓴 아이들의 낙서가 물에 잠기고, 애국가를 반주하던 풍금이 떠내려가는 모습을 보면서 눈물을 삼켰다. 인환의 집도 대홍수의 난리 속

에 소중히 간직하던 족보와 그 밖의 집기들이 모두 물에 잠
기고 말았다.

인환의 아버지는 큰 산 아래서 큰 인물이 나듯이 아이들
을 대도시에서 키워야 한다고 생각했다. 산판 사업으로 대도
시를 왕래하던 그는 인환처럼 총명하고 영민한 아이는 도시
교육의 혜택을 받아야 한다고 절실하게 느끼고 있었다. 그리
고 대홍수를 계기로 인환의 가족은 경성(지금의 서울)으로 이
사하게 되었다.

2

영화를 사랑한 앙팡 테리블

인환의 가족이 현재의 서울 종로구 원서동으로 이사한 후 인환은 덕수공립보통학교 5학년으로 전학했다. 산골 소년이었지만 4학년에서 5학년으로 월반할 만큼 인환은 공부를 잘했다.

경성에 처음 온 인환은 전차표를 사서 궤도전차를 타고 경성의 구석구석을 혼자 돌아다녔다. 인환의 머릿속에는 처음 보는 낯선 도시에 대한 지도가 별자리처럼 상세히 그려졌다. 인환은 낯선 도시와 친해지기 위해 머릿속에 그려진 지도를 따라 집 근처의 거리를 샅샅이 누비며 도보 여행을 했다.

인환의 집이 있던 원서동은 창덕궁의 담장을 낀 동네였다. 고궁의 돌담길은 역사의 환상지대로 인환에게 우리나라 역사에 대한 관심을 갖게 해주었다. 역사에 대한 의식은 자신이 밀양 박씨 귀정공파 19대 손이라는 사실을 새삼 일깨워주었다.

덕수공립보통학교를 졸업할 때 인환은 우등상과 함께 개근상을 받았다. 졸업할 때의 석차는 66명 중 7등으로 교장의 소견은 '최적'이었다. 보통학교를 졸업하자 인환은 지금의 경기중학교인 경기공립중학교에 원서를 냈다. 입학시험을 치르고 시험장을 나오는 인환의 손톱에는 새까맣게 시험 답안이 써 있었다. 인환은 집에 와서 정답을 맞춰보았다. 다른 학생들이 시간과 다투며 시험지와 씨름하는 동안 그는 손톱에 답을 쓸 만큼 여유롭게 시험을 치러 경기공립중학교에 무난히 합격했다.

인환은 중학교에 다니기 시작하면서 시문학과 영화에 관심을 갖기 시작했다. 일본어로 번역된 세계문학전집을 읽고 프랑스 전후 예술가들의 작품과 영미 시인들의 시에 심취했다. 29세에 요절한 이상(李霜)과 젊은 시절 자살한 일본의 천재 문인 아쿠타가와의 문학에도 깊이 빠져들었다. 샤르트르와 장 콕토의 작품을 읽기 위해 프랑스어를 독학으로 공부할 만큼 인환의 예술적 욕구는 강렬했다.

풋내기 소년이던 사춘기 시절, 인환은 영화의 매력에 깊이 빠지고 말았다. 영상의 힘은 식민지 시대의 암울한 현실을 초월해 또 다른 환상의 세계로 그를 인도해주었다. 영화 속의 낯선 나라는 마치 신기루처럼 신비로웠으며, 인환에게 먼 나라에 대한 동경과 세계인의 한 사람이라는 소속감마저 갖게 해주었다.

'우리가 사는 현실은 이토록 암울한데 어떤 이들은 저토록 햇빛 같은 자유와 행복을 누리며 살고 있구나!'

인환은 영화를 통해 시간의 울타리를 뛰어넘어 현실과 환상의 세계를 오가면서 세상을 보는 안목을 넓혀갔다. 그러다 마침내 프랑스의 시인이자 극작가, 화가, 영화제작자인 장 콕토를 정신적인 지표로 생각하기에 이르렀다. 그의 소설 『앙팡 테리블(무서운 아이들)』이 장 피에르 멜빌 감독에 의해 영화화되자 인환은 그 영화의 포로가 되고 말았다. '앙팡 테리블'은 기성세대의 권위와 가치관에 도전하는 겁 없는 젊은 세대를 뜻하는 말로 실력 있는 무서운 신예를 가리킬 때 사용하기도 하는 상징적인 표현이다.

인환이 중학교 2학년 때, 그를 두고 앙팡 테리블이라 할 만한 사건이 일어났다. 영화에 빠져 있던 인환의 책상 서랍은 꽉 들어찬 영화 유인물로 서랍이 잘 열리지 않을 정도였으며, 방 안은 그가 좋아하는 영화 포스터로 벽이며 천장까지 도배가 되어 있었다. 그의 책상 위에는 어디서 구했는지 몽마르트와 몽파르나스가 표기된 프랑스 파리의 지도가 유리 덮게 밑에 깔려 있었다.

방과 후 영화관에서 보내는 시간이 많았던 인환은 창백하리만치 얼굴이 하얘서 귀공자처럼 보이기도 했다. 환한 낮에 영화를 보러 들어갔다가 영화가 끝나 극장을 빠져나올 때쯤이면 마치 시간을 도둑맞은 것처럼 밤하늘에 별이 총총했다.

영화의 매력에 빠진 몇몇 아이들은 쉬는 시간이 되면 영화 제목이나 영화배우 이름 적기 시합을 했다. 시합에 참여하는 아이들은 자신들의 노트 뒷장에 자신이 알고 있는 영화 제목이나 배우의 이름을 하나씩 적어나갔다. 다른 아이들이 기억을 더듬느라 창밖의 뜬구름을 바라보면서 연필 꽁무니로 머리를 긁적이는 동안, 인환은 마치 누군가 불러주기라도 하듯 외국 배우들의 이름을 알파벳 순서대로 줄줄이 적어나갔다. 수업이 시작되는 종이 울리면 그들은 재빨리 연필을 놓고 누가 가장 많은 배우의 이름을 적었는지 받아쓰기

답안지를 보듯 비교했다. 단연 인환을 따라잡을 아이는 없었다. 인환의 노트에는 영화 제목이나 배우 이름뿐만 아니라 감독 이름, 영화 음악, 명대사까지 빽빽하게 적혀 있었다.

"인환아, 넌 영화감독을 꿈꾸는 건 어떻겠니? 오랫동안 꿈을 그리는 사람은 마침내 그 꿈을 닮아간다잖아."
"인환이처럼 수려하게 잘생긴 아이는 영화감독보다는 차라리 영화배우 쪽이 낫잖아?"

친구들의 말에 인환은 그저 싱긋 미소 지을 뿐이었다. 인환의 꿈은 이미 정해져 있었다. 인환은 "모든 예술 활동은 궁극적으로 시를 여러 가지 양식으로 표현한 것"이라는 장 콕토의 말에 깊이 공감하고 있었다.

당시에는 학생이 영화를 보는 것이 금지되어 있어 영화관마다 이를 단속하는 훈육주임 선생이 주둔해 있었다. 어느 날 다른 때와 마찬가지로 인환은 교복을 입은 채 몰래 극장 안으로 숨어들었다. 영화관에 들어가는 사람은 갑작스러운 어둠에 더듬거리며 자리를 찾는 데도 어려워하기 마련이지만, 이미 자리를 잡고 앉아 어둠에 익숙해진 사람의 눈에는 느닷없이 열리는 문틈으로 쏟아지는 빛만으로도 주변이 잘 보이기 마련이다.

인환이 영화관의 어둠 속에 발을 들여놓자마자 누군가의 손이 인환의 귀를 거칠게 잡아당겼다. 경기공립중학교의 일본인 체육 선생이었다. 단속을 하려고 영화관에 앉아 있던 그에게 단번에 걸린 것이었다. 체육 선생은 평소 일본인 학생과 조선인 학생을 심하게 차별하던 사람이었다. 더구나 인환은 외모가 준수한 모범생일 뿐 아니라 운동에도 소질이 있어 누구보다 눈에 띄는 조선인 학생이었다.

"학생이 공무나 열심히 할 것이지 영화관에 다니다니."

체육 선생은 벼르고 있었다는 듯이 인환을 영상실 복도에 세우고 뺨을 세차게 때렸다. 아버지한테도 손찌검을 당해본 적이 없었던 인환은 모멸감에 얼굴이 뜨겁게 달아올랐다.

"일본인 학생과 조센징의 차이가 뭔지 아나? 너희들이 청소년 관람 불가인 영화를 보는 시간에 일본인 학생은 책상 앞에 앉아서 조국의 미래를 걱정한다는 거야. 또다시 교칙을 어기고 영화관에 올 텐가?"

인환은 대답하지 않았다. 영화관에 발을 끊을 자신이 없었다.

"어서 대답하지 못하겠나?"

체육 선생이 다그쳤지만 인환은 대답하지 않았다. 거짓으로 약속을 하고 싶지 않았다.

"대답을 못해? 그렇다면 다시는 영화관에 오지 못하도록 인상을 깊게 남겨주마."

체육 선생의 주먹이 인환의 얼굴로 마구 날아왔다. 얼굴을 집중적으로 때리는 체육 선생의 구타에는 다분히 일본인과 조선인에 대한 차별의 감정이 실려 있었다.

"어서 대답하지 못해?"

체육 선생은 인환의 대답을 들을 때까지 소나기 펀치를 멈추지 않을 작정이었다.

"학교의 명예를 더럽히는 불량한 조센징!"

‘조센징!’ 이 한마디의 말에 더 이상 참을 수 없었던 인환은 체육 선생의 턱을 향해 주먹을 날렸다. 중학생이지만 체육 선생만큼 키가 크고 덩치가 컸던 인환의 주먹에 무방비 상태였던 그는 뒤로 나가떨어졌다. 스승의 그림자조차 밟을 수 없었던 그 시절, 학생이 선생을 때리는 일은 상상조차 할 수 없던 일이었다.

인환은 그 사건으로 인해 경기중학교를 그만두게 되었다. 청소년 시절 영화에 빠진 대가로 그는 자신의 가슴에 큰 상처를 남기게 된 것이다.

경기중학교를 자퇴한 인환은 한성학교 야간부에 다니게 되었다. 인환은 교복을 입고 영화관에 갔다가 또다시 말썽을 일으키게 될까 봐 아버지의 양복을 빌려 입고 영화를 보러 다녔다. 낮에는 영화관에 가고 밤에는 학교에 가는 생활이 이어졌다. 이러한 인환의 모습을 지켜보던 그의 아버지는 이듬해 친척이 있는 황해도 재령의 기독교 재단인 명신중학교에 아들을 보내기로 했다.

인환은 고모와 함께 기차를 타고 황해도 재령으로 향했다. 기차의 통로에 서서 인환은 멀어져 가는 경성의 풍경을 바라보며 처음으로 담배를 피웠다. 학교를 자퇴하고 가족들과 헤어져 멀리 떠나는 인환의 마음은 푸른 연기에 휩싸인 식민지 현실처럼 참담하기만 했다.

어린 시절부터 틈틈이 일기를 써왔던 인환은 명신중학교 시절부터 본격적으로 시를 습작하기 시작했다. 명신중학교를 우수한 성적으로 졸업한 인환은 평양의학전문학교에 입학했다. 그의 아버지는 인환이 일본으로 건너가 의학이나 수의학을 공부하기를 권유했으나 그는 평양의전을 선택했다. 인환은 우리말을 빼앗고 정신마저 말살한 일본에 가서 공부하는 게 마음에 내키지 않았다.

1944년 당시 의과, 이공과, 농수산과를 전공하는 사람들은 징병에서 제외되었기 때문에 전쟁으로 인한 무모한 죽음을 피할 수 있었다. 인환은 의학 공부는 뒷전으로 하고 시를 쓰면서 문학이나 예술 전문서적을 찾아 읽었다.

인환은 아버지의 권유로 의사가 되는 길을 선택하기는 했지만 『닥터 지바고』의 주인공처럼 시를 쓰는 의사가 되고 싶었다. 그것이 의사가 되었으면 하는 아버지의 바람과 시인이 되고 싶은 자신의 꿈을 모두 이룰 수 있는 방법이었다.

의학의 중요한 분야인 해부학을 공부하다 보면 최초로 태아를 해부해 그림으로 기록해놓은 레오나르도 다빈치를 지나칠 수가 없다. 그는 오른손으로는 인체를 해부하면서 왼손으로는 거울문자(mirror writing: 거울에 비추면 바로 보이게 글자를 거꾸로 쓴 글)를 사용해 기록을 남긴 것으로 유명하다.

인환 역시 의학도 시절 실험실에서 실습을 하다가 오른손을 다치는 바람에 다빈치처럼 왼손으로 거울문자를 쓴 적이 있었다. 거울문자는 거울에 비춰 보아야만 그 글자를 제대로 읽을 수 있기 때문에 거울문자로 일기를 쓰면 남에게 쉽게 들키지 않는다는 은밀함이 있었다. 그런 까닭에 인환은 손의 상처가 다 나은 후에도 습관처럼 가끔 거울문자를 썼다.

그는 모리스 블랑쇼의 '편집적 파악'이라는 심리학적, 생리학적 현상에 대해 거울문자로 노트에 이렇게 기록했다.

연필을 쥔 손이 연필을 놓으려고 해도 손이 연필을 놓지 않는 경우가 있다. 설령 손이 연필을 놓으려고 해도 두뇌 작용이 연필을 놓으려고 하지 않는다. 반면 두뇌 작용이 연필을 놓으려고 해도 이번엔 손이 연필을 놓으려고 하지 않는다.

이듬해인 1945년 8월 15일 박인환이 스무 살 되던 생일날 우리나라는 해방을 맞았다. 인환은 인제에서 목사가 가르쳐준 애국가를 부르며 태극기를 흔들었다. 그는 다시 태어나는 마음으로 그동안 국어말살정책 때문에 일본어로 쓴 일기와 습작시를 모두 불태웠다. 일제의 잔재를 청산하고 이제부터는 우리 글로 시를 쓰리라 다짐했다.

해방이 되자 인환은 의학도의 꿈을 포기한 채 학업을 중단하고 부모가 있는 경성으로 향했다. 스무 살 청년이 된 그는 정신적인 해방을 느끼며 문학에 뜻을 두게 되었다.

그러던 1945년 9월 8일, 경성역(지금의 서울역)의 조선통운 창고에서 한 뭉치의 원고가 발견되었다. 2,600쪽에 달하는 말모이 원고였다. 해방 전이었던 1943월, 13년간 우리말을 모아온 조선어학회 학자들 중 16명이 내란죄를 쓰고 투옥되었으며 그들 중 2명은 가혹한 고문으로 끝내 죽음에 이른 '조선어학회사건'이 일어났다. 그 희생은 조선인에 의한 조선인을 위한 조선어 사전이 만들어지는 계기가 되었다. 그 사전이야말로 우리말로 글을 쓰고자 하는 인환에게 절실하게 필요한 책이었다.

1945년 9월 9일, 중앙청에 일장기가 내려지고 성조기가 걸렸다. 그리고 그 아래 태극기가 걸렸다. 해방이 되자 미군정이 시작된 것이다. 경성은 '서울특별자유시'가 되었다. 사람들 사이에서는 "미국 놈 믿지 말고, 소련 놈 속지 말고, 일본 놈 잊지 말자"라는 말이 떠돌았다.

한반도는 미국과 소련이 분할하여 점령했다. 자유를 찾아

46

남으로 내려온 사람들은 티푸스를 예방하기 위한 DDT 세례를 받고 남산 기슭의 '해방촌'에 정착하기 시작했다. 사람들은 미군 담요나 군복을 물들여 입었고, 현인의 〈신라의 달밤〉을 불러보게 해 남한 사람과 북한 사람을 구별하는 촌극이 빚어지기도 했다. 가난한 소년들은 집안을 돕기 위해 거리에 나서 신문팔이나 구두닦이가 되었고, 가난한 소녀들은 거리에서 껌을 팔거나 꽃을 팔았다. "열 살 이하인 아이들은 거지요, 열 살 이상인 아이들은 좀도둑"이란 말이 나돌 만큼 아이들에게는 더욱 힘겨운 시절이었다.

그 무렵 서울에 온 인환은 문학, 예술에 대한 서적을 닥치는 대로 읽었다. 일본의 탄압으로 모국어가 상처를 입은 이 시대에 우리 문학이 붕대를 감아야 할 곳이 어디인지 인환은 책을 통해 알아갔다.

3

예술서점 마리서사를 열다

박인환은 시인 오장환이 경영하는 종로의 '남만서점'에 자주 들르면서 그곳을 통해 많은 문인이 교류하고 있다는 사실을 알게 되었다. 박인환은 서점을 차리면 더욱 많은 책을 접할 수 있는 데다, 주로 파는 책이 문학이나 예술에 관한 것이라면 문인이나 예술가들이 드나들게 되어 자연스럽게 기성 문인들을 만날 수 있으리라는 기대감이 들었다.

박인환은 오장환의 남만서점보다 예술서적이 많은, 좀 더 세련된 예술가들의 공간을 구상했다. 서점 '마리서사'를 열기로 결심한 것이다.

그 무렵 그는 극장에서 영화간판을 그리는 일을 하는 박일영이라는 화가를 만났다. 박일영은 특이한 옷차림에 낡은 빵모자를 쓰고 다녔는데, 본래 초현실주의적 작품을 그리는 순수미술을 꿈꾸었으나 생계를 위해 미군들의 초상화를 그리다 극장에서 일하게 되었다고 했다. 그는 영화간판 한 장을 그리기 위해 같은 영화를 몇 번이고 반복해서 본다고 했다.

"배우들은 개성이 강해서 정성을 다하지 않으면 내게 잘 다가오지 않지요."

아버지와 이모의 도움으로 종로 3가 탑골공원 부근에 마리서사의 문을 열게 된 박인환은 박일영에게 마리서사의 간판을 부탁했다. 마리서사의 실내장식을 준비하는 내내 인환은 그와 영화에 대한 이야기로 꽃을 피웠다. 그는 때때로 인환에게 영화초대권을 주기도 했다.

마리서사는 독특한 간판으로 사람들의 눈길을 사로잡았다. 스무 살 청년 박인환은 마리서사를 통해 새로운 문물에 대한 욕구와 예술에 대한 열정을 불태웠다. 그는 문학·미술·영화 등 예술에 대한 모든 것에 관심을 기울였다. 서점 이름인 마리서사의 '마리'도 프랑스의 여류 화가 이름인 '마리 로랑생'에서 연유한 것이었다.

박일영의 도움으로 마리서사는 세련된 모습으로 문을 열었다. 진열장 오른쪽의 'LIBRAIRIE MARIE'라고 쓰인 고딕체 문구와 벽면을 장식한 살바도르 달리의 사진 덕에 문학예술 전문서점이라는 것을 한눈에 알 수 있었다. 그림뿐만 아니라 예술에 대해 전체적으로 조예가 깊었던 화가 박일영은 사회에 처음 발을 들여놓은 순수한 청년 인환에게 든든한 정신적 후견인이 되어주었다.

마리서사에는 외국서점을 연상하게 할 만큼 귀한 책들이 구비되어 있었다. 가마쿠라 문고라는 일본의 유명 출판사에서 나온 세계문화 시리즈를 거의 갖춰 놓았다는 것은 그 당시로서는 놀라운 일이어서, 일본 유학파들이 자주 드나들기도 했다.

박인환의 의도대로 마리서사에는 책을 찾는 문인들의 발길이 끊이지 않았다. 김광균, 김기림 박영준, 오장환 등 선배 문인들과 김규동, 김경린, 이봉구, 박태진 양병식, 김수영, 배인철, 송지영 등 신진 문인들을 만날 수 있었다. 스무 평 남짓 되는 마리서사는 마치 그들을 위해 준비한 무대처럼 문인들의 발길이 끊이지 않았고, 시간이 지나면서 예술서적에 목마른 예술인들의 메카로 자리 잡았다.

문인들은 신간서적을 사기 위해 마리서사를 찾기도 했지

만 때론 자신들이 아끼던 귀한 책을 팔기 위해 방문하기도 했다. 그 시절은 문인들에게 그토록 어려운 시절이었다. 작가가 직접 서명한 책은 값을 더 쳐주기도 했으나 박인환은 문인들의 사정이 딱해서 그들의 책을 사주었을 뿐 서명이 되어 있는 책을 되팔지는 않았다. 누구보다 책을 소중히 생각하던 그는 남의 책을 자신의 책처럼 아꼈다. 술자리에서 깜짝 선물로 원래 주인인 문인에게 책을 되돌려 주기도 했다.

마리서사에는 하루도 시인이나 소설가, 화가 들이 모여들지 않는 날이 없었고, 박인환은 책을 판 돈으로 조금이라도 수입이 생기면 그들과 함께 술을 마시면서 문학과 예술, 인생을 주제로 끊임없이 토론하며 열을 올렸다. 박인환은 때론 너무나 쾌활해져서 남보다 몇 갑절이나 오래 말하기도 했다. 그가 하는 이야기란 주로 외국의 젊은 예술가에 대한 것으로 가십 같은 흥미로운 내용이었다.

친우들은 그의 이야기를 한참 듣고 있노라면 이곳이 서울인지 프랑스 파리인지 분간할 수 없어 마리서사의 창문을 열면 마치 파리의 상징인 에펠탑이 보일 것만 같다고 했다. 확실히 그에게는 서구적인 기질이 있었다. 훤칠한 키에 영화배우 같은 특이한 옷차림, 예의 바른 태도가 그랬다. 또한 책을 소중히 여기는 그는 ≪현대문학≫ 같은 잡지에 손때가 묻지 않도록 유산지나 셀로판지로 겉을 씌우고 다니는 결벽증적인 면도 갖고 있었다.

시인 장만영은 가끔씩 그를 앙팡 테리블이라고 놀리곤 했다. 그가 바라보는 청년 박인환은 아무런 꾸밈이 없는, 항상 활달함 그 자체였다.

시인 김광균은 마리서사에서 책을 사기도 했지만 팔기도 했다. 한 번 읽고 난 책을 간직한다는 것은 그 당시 문인들에게는 사치스러운 일로, 다 읽은 책을 팔아 필요한 책을 사는 것을 부끄럽게 생각하지 않았다.

어느 날 김광균이 시인 김기림, 설정식과 함께 자리를 하고 있는데 박인환이 가까이 와서 말을 걸었다. 김광균은 김기림에게 시를 쓰는 청년이라며 박인환을 소개했다. 그러자 옆에 있던 설정식이 박인환을 바라보더니 투박한 함경도 사투리로 한마디 했다.

"당신같이 이목이 수려한 청년은 시인이 되기보다는 영화배우가 되는 것이 빠를 텐데 시는 무엇 땜에 쓰시오?"

김광균은 "청년 시인 박인환은 때가 묻지 않고 수줍은 데

도 있으나, 예리한 면과 엉뚱한 데가 있어서 연령의 벽을 넘
어서 공통되는 시대감각 같은 것이 있었다. 또한 시에 대한
열정이 깊어 조그만 백학을 발견한 느낌이 들었다”고 했다.

　1946년 12월, 박인환은 ≪국제신보≫의 주간이었던 소설
가 송지영의 추천으로 「거리」라는 시를 발표했다. 그 무렵에
는 선배 문인들의 추천으로 지상에 작품을 발표하는 것이
문단에 등단하는 방법이었다.

　　나의 시간에 스콜과 같은 슬픔이 있다.

　　붉은 지붕 밑으로 향수(鄕愁)가 광선을 따라가고

　　한없이 아름다운 계절이

　　운하의 물결에 씻겨갔다

　　아무 말도 하지 말고

　　지나간 날의 동화를 운율에　　춰

　　거리에 화액(花液)을 뿌리자

　　따뜻한 풀잎은 젊은 너의 탄력같이

　　밤을 지구 밖으로 끌고 간다

　　(……)

거리는 매일 맥박을 닮아갔다

베링 해안 같은 나의 마을이

떨어지는 꽃을 그리워한다

황혼처럼 장식한 여인들은 언덕을 지나

바다로 가는 거리를 순백한 식장(式場)으로 만든다

- 박인환, 「거리」 부분

4

사랑의 Parabola

박인환이 마리서사에서 문인들을 만나게 된 것이 필연이었다면 꽃 같은 여인을 만나게 된 것은 신의 은총이었다. 영화 속에서처럼 아름다운 여인과 사랑에 빠지고 싶다고 바라던 그에게 스크린 속에서 빠져나온 듯한 한 여인이 나타난 것이었다.

1947년 여름, 마리서사의 낡은 선풍기가 뜨거운 바람을 돌리고 있을 때 ≪신천지≫의 기자 이석희가 사촌인 이정숙과 함께 마리서사에 나타났다. 이석희는 문단에 등단한 박인환에게 시를 청탁하기 위해 온 것이었다. 이정숙은 이석희보다 한 살 어린 그녀의 사촌동생이었다.

이정숙이 마리서사에서 박인환을 처음 만나던 날, 그녀의 어머니는 그날따라 새로 손질한 모시 치마저고리를 입고 가라고 그녀에게 당부했다. 모시옷을 차려 입고 사촌 언니 이석희를 따라 마리서사에 들어서니 마치 약속이라도 한듯 그녀와 똑같이 모시옷을 입은 귀티 나는 한 청년이 시원하게 미소를 지으며 그녀들을 맞이했다. 그는 바로 박인환이었다. 박인환은 두 여인이 바람을 쏘이도록 선풍기를 가까이 대주었다. 이정숙은 귀공자 같은 그를 보며 좋은 가문의 자제일 거라는 생각을 했다.

박인환은 ≪신천지≫ 책갈피 사이에 콩깍지 모양으로 접은 쪽지 편지를 끼워 이정숙에게 건네주었다.

영화 시사회에 초대하고 싶습니다.
초대를 허락하신다면 신의 은총으로 알겠습니다.

두 사람이 처음 본 영화는 〈운명의 맨해튼〉이었다. 그런데 영화를 본 것은 두 사람만이 아니라 박인환의 친구들도 함께였다. 첫 데이트에 그토록 많은 친구를 데리고 온 것에 이정숙은 깜짝 놀랐다. 박인환은 극장 간판을 그리는 박일영의 도움으로 영사실이 딸린 극장 2층을 전부 빌려 친구들에게 영화 구경을 시켜주었던 것이다.

그는 이정숙에게 영화를 보여주기 위해 사전에 영화를 관람했다. 혹시 너무 폭력적이거나 선정적이지 않은지 미리 살펴보기 위해서였다. 이정숙 옆에 앉은 박인환은 영화의 내용을 설명해주기에 바빴고, 그녀는 부끄러움에 고개를 아래로 떨어뜨리고 있었는데 그때 박인환이 신은 '양키 구두'가 눈에 띄었다. 그 당시 양키 구두는 유행에 민감한 멋쟁이 젊은이들이 신는 신발이었다. 준수한 외모에 정장을 반듯하게 차려입고 양키 구두를 신은 20대 초반의 시인 박인환의 모습은 어떤 숙녀라도 호감을 가질 만큼 세련되었다.

프랑스 영화를 볼 때면 그는 밀 그 영화의 불어 대사를 외울 만큼 보고 난 후에 이정숙과 함께 보았다. 이정숙은 옆자리에 앉아 유창한 불어로 대사를 설명해주는 박인환의 위국이 실력에 경외감을 느끼곤 했다. 장 콕토의 시를 불어로 줄줄 외는 박인환을 보면서 그녀는 그의 마음은 온통 시심으로 가득해 시인 이외에는 아무것도 될 수 없는 사람이라 생각했다.

≪신천지≫의 이석희 기자는 박인환을 미스터리 시인이라고 불렀다. 그의 나이조차 명확히 아는 사람이 없었기 때문이었다. 그가 다른 이를 부를 때 문단의 연조나 연령의 고하

를 막론하고 무조건 성 다음에 '형' 자를 붙이니 아마도 그들과 동년배이러니 생각할 뿐이었다. 언젠가 이석희 기자가 박인환을 취재하면서 나이를 물었더니 미스터리 시인답게 아리송한 이야기를 늘어놓았다.

"나무의 나이는 나이테를 보면 알 수 있지만 그러려면 그 나무를 베어야 하지요. 나이는 먹을 수도 있지만 뱉어낼 수도 있는 것 아닙니까, 시를 쓰는 데 나이가 뭐 그리 중요하겠습니까?"

박인환과 사귀는 이정숙조차도 그의 나이를 정확히 알지 못했다. 이석희 기자는 이정숙에게 충고하듯 말했다.

"박 시인은 미스터 박이 아닌 미스터 리로 성을 바꿔야 할 것만 같아. 비밀이 많으니까 신비롭긴 하지. 하지만 그 신비감에 너무 빠지면 위험해진다."

박인환과 같은 덕수공립보통학교를 나와 진명여고에서 농구선수로 활약했던 이정숙은 일본군 위안부로 끌려가지 않기 위해 당시 동일은행 지점장이었던 아버지를 통해 한국은행에서 근무하게 되었다.

박인환은 퇴근할 무렵이면 이정숙이 다니는 은행 정문 앞에서 날마다 그녀를 기다렸다. 그는 비가 올 때나 비가 오지 않을 때에나 늘 박쥐우산을 영국 신사의 지팡이처럼 들고 다녔다. 혹시라도 일기예보가 틀려 이정숙이 비를 맞을까 봐서였다. 하도 은행을 찾아가다 보니 박인환는 은행 건물 수위와 서로 담배를 나누어 피울 만큼 친근한 사이가 되었다.

그 당시 명동은 젊은이들의 아지트이자 방황하는 보헤미안들의 천국이었다. 두 사람은 주로 라일락 다방이나 모나리자, 에덴 다방에서 헝가리의 젊은이들을 자살하게 했다는 다미아의 「글루미 선데이(Gloomy Sunday)」나 영화음악의 대가인 조지 거슈윈의 「랩소디 인 블루(Rhapsody in Blue)」를 들었다. 「글루미 선데이」는 시인 이상과 그의 연인 마유미가 좋아하기도 한 음악이었다.

"그놈의 음악을 들으면 미칠 것만 같아."

박인환은 그들의 음악을 들으면서 자신이 다 피운 담뱃값 은종이에 급하게 시를 쓰곤 했다. 그는 자신이 쓴 시를 이정숙에게 처음으로 보여주는 것을 좋아했다.

"정숙이, 이 시 어때?"

여고 시절 문학소녀였던 이정숙은 그의 시에 대해 기탄없이 예리한 비평을 해주었다. 풍모가 화려했던 두 사람이 명동에 나타나면 거리가 환해졌고, 지나가는 사람들은 그들에게서 눈을 떼지 못했다. 박인환은 이정숙을 집에 바래다줄 때 자신이 좋아하는 시를 읊었다. 그녀가 사는 광화문 집으로 가는 길에는 중학천이라는 작은 개울이 흐르고 있었다. 두 사람은 개울을 따라 걸으며 프랑스의 시인 기욤 아폴리네르의 시를 한 소절씩 나누어 읊었다.

미라보 다리 아래 센 강이 흐르고
우리들의 사랑도 흐른다
아, 추억해야만 하는가 그 사랑을
기쁨은 언제나 고통 뒤에 왔다

- 아폴리네르, 「미라보 다리(Le Pont Mirabeau)」 부분

박인환은 이정숙을 만날 때마다 이내 헤어져야 하는 게 안타까웠다. 그녀와 늘 같이 있을 수 있는 방법은 딱 한 가

지, 그녀와 결혼해 한 지붕 밑에서 사는 것이었다. 그는 자신이 좋아하는 럭키 스트라이크 담뱃값의 은종이에 시를 써서 이정숙에게 청혼했다.

어제의 날개는 망각 속으로 갔다.

부드러운 소리로 창을 두드리는 햇빛

바람과 공포를 넘고

밤에서 맨발로 오는 오늘의 사람아

(……)

새벽처럼 지금 행복하다.

주위의 혈액은 살아 있는 인간의 진실로 흐르고

감정의 운하로 표류하던

나의 그림자는 지나간다.

내 사랑아

너는 찬 기후에서 긴 행로를 시작했다. 그러므로

폭풍우도 서슴지 않고 참혹마저 무섭지 않다.

- 박인환, 「사랑의 Parabola」 부분

1947년 초겨울 두 사람은 약혼식을 올렸다. 두 사람의 약속을 축복하듯 첫눈이 내렸다. 박인환은 이정숙에게 주변 친구들과 선배들을 소개시켜주었고 함께 어울려 유쾌한 시간을 보냈다.

박인환은 잡지 ≪여원≫에 그 무렵에 대해 "우리의 약혼 시절"이란 제목으로 글을 실었다.

1947년 초겨울에 우리는 약혼을 하였습니다. 4~5개월간의 교제 끝에 두 사람은 앞으로 결혼을 함으로써 지나간 과거에 성실할 수 있다는 믿음 밑에 그 약속으로 약혼을 한 것입니다.

실상 약혼이라는 것은 생각지 않는 의무와 책임을 마음에 초래시키는 것 같습니다. 그 전까지 막연히 사랑을 속삭이던 입에서 이제는 결혼을 하면 어떻게 하자든가 또는 생활에 있어서의 경제적 문제는 어떻게 타개해가면 좋을 것 같다고 말하게 되었습니다.

결혼을 하기까지 약혼 시절을 5~6개월 보낸 것 같습니다. 그러는 동안 우리는 하루도 빼놓지 않고 매일 만났습니다. 지금 생각해도 그렇게 매일 만난 것이 몹시 신기롭고 힘든 일이었다고 마음속으로 웃고 있습니다.

우리는 적어도 나로서는 앞으로 아내가 될 사람에게 나의 환경이라는 것을 알릴 필요가 있었고 상대편에서도 그것을 원했기 때문에 친구들과 선배에게 소개도 하고 인사도 시켜서 여럿이 함께 어울려 유쾌한 시간도 보냈습니다.

- 박인환, "우리의 약혼 시절", ≪여원≫, 1956년 2월호

1948년 봄, 박인환은 경영난으로 마리서사의 문을 닫게 되었다. 마리서사는 주인이 서점에 상주하지 않아서 장사도 안된 데다 수입보다 지출이 많아 적자를 면치 못했고, 책을 사는 사람도 파는 사람도 아닌 문인들의 사랑방이 되고 말았다. 박인환은 문우였던 시인 김경린에게 이렇게 고백했다.

"김 형, 나는 아무 미련도 없어. 친구를 많이 사귄 것만으로도 다행으로 여겨야지."

박인환은 마음 내키는 친구가 있으면 책을 선물로 주었고 그날 책을 판 돈으로 친구들에게 술을 사곤 해서, 마리서사가 경영난에 처한 것은 당연한 일이었다.

“하지만 김 형, 그때에 손님으로 찾아왔던 정숙을 알게
되어 그녀와 사랑에 빠졌고 마침내 약혼까지 하게 되었으
니 서점에서 보석을 얻은 셈이지.”

5

백합처럼 향기를 풍기고 온 그 겨울

1948년 봄이 오자 두 사람은 결혼식을 준비하기 위해 바쁜 나날을 보냈다. 박인환의 집에서 이정숙의 집으로 사주단자를 보냈다. 이정숙의 아버지 이연용은 동일은행 지점장으로 일하다 퇴직한 후 이왕직(李王職)의 회계과장직을 맡고 있었다.

이정숙의 아버지는 박인환의 집에서 보내온 사주단자를 보고 그가 병인생(丙寅生)인 것을 알고는 놀라움을 금치 못하며 딸에게 호통을 쳤다.

"너는 네가 혼인할 남자의 나이도 모르고 있느냐?"

박인환은 이정숙보다 한 살 위로, 겨우 스물세 살이었다. 이정숙의 아버지는 미래가 불확실한 스무 살 남짓의 어린 무명 시인에게 귀하게 키운 막내딸을 출가시킬 생각이 없었다.

　“이 혼인은 성사시킬 수 없다.”

　이정숙은 아버지의 호통에 눈물을 흘리며 박인환을 만나 그 사실을 전했다. 약혼녀로부터 충격적인 사실을 전해 들은 박인환은 젊은 혈기에 순간적으로 탁자에 놓인 음료수 병을 주먹으로 내리쳤다. 그는 오른손을 붕대로 칭칭 감고 의학도 시절 때처럼 왼손으로 시를 쓰면서 참혹한 마음을 달랬다. 바람에 뒤집힌 듯한 거울문자들은 상처 입은 청년 시인의 마음을 되돌려 놓을 수가 없었다. 그는 마치 미라처럼 온몸에 붕대를 칭칭 감아야 할 것처럼 몸과 마음이 아팠다.

　‘사랑만으로 사랑을 할 수 없다면 시를 쓴다는 것이 무슨 의미가 있단 말인가?’

　그림자처럼 함께 다니던 두 사람은 아버지의 반대로 더 이상 만날 수가 없었다. 이정숙은 자신의 솔직한 마음을 어머니에게 털어놓고 도움을 청했다. 이정숙의 어머니는 박인환의 나이는 문제가 되지 않았다. 오히려 젊지만 당찬 그 기백이 마음에 들었다. 무엇보다 사랑하는 딸이 그토록 원하는 사람이라고 하지 않는가?

어머니는 점집을 찾아가 두 사람의 미래를 알아보았다. 점쟁이 말로는 신랑 될 사람이 명은 짧지만 두 아들을 둔다고 했다.

'아들이 둘이나 있다니 그만하면 됐지.'

이정숙의 어머니에겐 딸만 둘이 있었다. 큰딸은 일찍 출가했고 열네 살 터울인 막내딸 이정숙은 무남독녀처럼 귀하게 자랐다. 어머니는 혼인을 성사시키기 위해 남편을 설득했다.

1948년 3월 21일, 박인환은 이정숙과 덕수궁 석조전에서 환한 봄빛 아래 결혼식을 올렸다. 창경원 식물원에서 따 온 생화로 만든 부케는 아름다운 봄의 신부를 더욱 화사하게 했다.

박인환은 다친 오른손을 붕대로 감은 채 하얀 장갑을 끼고 사진에 손이 나오지 않도록 친구의 어깨 뒤로 손을 감춘 채 결혼사진을 찍었다. 그의 절친인 박영준(소설가)과 이봉구(소설가), 송지영(소설가) 등이 결혼식 들러리를 서주었다. 김

경린(시인), 김광균(시인), 이진섭(극작가), 최재석(문학평론가)
등 박인환과 교류하던 문단의 시인들이 대거 하객으로 참석
해 두 사람의 결혼을 축하해주었다.

누군가가 인디언의 결혼 축시를 낭송했다.

이제 두 사람은 비를 맞지 않으리라

서로가 서로에게 지붕이 되어줄 테니까

이제 두 사람은 춥지 않으리라

서로가 서로에게 따뜻함이 될 테니까

이제 두 사람은 더 이상 외롭지 않으리라

서로가 서로에게 동행이 될 테니까

두 사람은 몸은 둘이지만

두 사람의 앞에는 오직

하나의 인생만이 있으리라

이제 그대들의 집으로 들어가라

함께 있을 날들 속으로 들어가라

이 대지 위에서 그대들은

오랫동안 행복하리라

두 사람은 신혼여행을 가지 않았다. 먼 훗날 고갱이 사랑

한 타이티나 아폴리네르가 시에서 노래한 미라보 다리가 있
는 파리에 가서 미래의 꿈을 다시 설계하기로 다짐했다.

박인환이 신부 이정숙에게 부탁한 것은 딱 한 가지였다.
자신이 본 책은 그녀도 반드시 읽는 것이었다. 그래야만 정
신적인 품 안에 그녀를 진정으로 안을 수 있다고 했다.

두 사람은 영화 속에서 본 지중해의 하얀 집을 꿈꾸며 울
타리에 장미를 심어 지는 노을빛에 불타는 장미의 온도를
느끼고자 했으나 꿈과 현실의 거리는 아득히 멀었다. 가혹한
현실을 극복하기 위해 두 사람에게는 큰 용기와 의지가 필
요했다.

두 사람은 박인환의 원서동 집에 신접살림을 차렸다. 시부
모과 어린 시동생, 시누이, 그리고 시할머니과 함께였다. 서
툰 새댁인 이정숙은 시어른을 모시고 어떻게 살림을 꾸려가
야 할지 몰라서 날마다 눈물을 훔쳤다.

그 집은 이정숙의 아버지가 창덕궁으로 출근하는 길목에
있었다. 딸이 궁금해서 가끔씩 들러본 이정숙의 아버지는 딸
의 눈매가 촉촉이 젖어 있는 모습을 보고는 마음이 무거웠
다. 어느 날 그가 박인환을 불러 제안했다.

"우리 집에서 함께 살면 어떻겠나? 막내딸인 정숙이마저

시집을 가고 나니 우리 내외가 너무 적적해서 말일세.”

장인의 권유에 박인환은 말없이 책을 수레에 싣고 처가로 날랐다. 그때 그가 처갓집으로 나른 책은 세 수레나 되어 책을 벽돌 삼아 집을 지어도 될 만큼 많았다.

“겉보리 서 말만 있어도 처가살이는 안 한다는데…….”

박인환의 어머니는 처가로 떠나는 아들의 모습이 마음에 내키지 않았지만 굳이 반대하지 않았다. 박인환의 아버지는 그저 말없이 뒷모습을 지켜볼 뿐이었다.

두 사람은 종로구 세종로에서 본격적인 신혼살림을 시작했다. 박인환은 ≪여성계≫라는 잡지에 신혼 시절에 대해 이렇게 썼다.

나는 최근 불란서의 문학적 철학자 알랭의 이러한 한 구절을 외우고 있다. “욕망이라는 것은 애정의 하위에 있는 것이며 아마도 애정에 이르는 길은 아니다”라는 것을.(……)
시기도 좋았으나 신혼여행 같은 것은 가지 않았다. 결혼식에 비용이 들어서 더 무리할 필요가 없었다. 하지만 우리들은 도리어 이것이 좋았다(지금 아내는 간혹 신혼여행을 가지 못한 것을 후회하지만).

나는 이 글을 쓰면서 우리의 과거와 현재가 욕망이나 타성이 아니라는 것을 믿는다. 그러면 애정의 존재가 아닌가 생각한다. 1개월간에 있어서…… 부부생활의 출발기에 있어서 불성의한 생각은 조금도 없었기 때문에 지금까지 이끌어온 것이 아닌가 믿는다.

꿈같이 지냈다는 것은 역시 좋지가 않다. 꿈이 아닌 것으로 변형된 성실한 시간이었다고 본다.

- 박인환, "꿈같이 지낸 신생활", ≪여성계≫, 1955년 10월

1948년 겨울 박인환은 자유신문사 문화부 기자로 들어갔다. 그러나 월급이 나오지 않아 처가 덕으로 근근이 살림을 꾸려나갔다. 박인환의 주머니 속에는 늘 시가 적힌 종이가 들어 있었다. 그의 아내가 세탁소에 옷을 보내기 위해 주머니 속을 뒤져보면 지폐처럼 접힌 종이가 있었다. 어린 새댁은 주머니 속의 종이가 모두 지폐면 얼마나 좋을까 생각하면서 혼자 미소를 짓곤 했다.

어쩌다 두 사람이 다투게 되면 박인환은 어느새 밖으로

나가 골목길로 난 창문을 둘둘 만 신문으로 두드렸다. 아직 화가 덜 풀린 아내가 창문을 열면 그는 싱글 웃으면서 어디서 구해 왔는지 바나나 몇 송이를 내밀었다. 신혼부부는 언제 다투었냐는 듯이 가곡이나 「고엽」 같은 상송을 나지막이 함께 부르곤 했다.

박인환은 그 무렵 김규동, 김수영, 김차영, 양병식, 김경희와 신시론 동인을 결성해 1948년 4월에 ≪신시론≫ 제1집을 발간했다. 발행자 장만영과 김기림을 비롯한 동료 문인들에게 좋은 평과 함께 격려를 받았으나, 혹자들에게는 난해한 시라는 비판도 받았다. ≪신시론≫은 해방 후 새로운 문학운동의 시작을 알리며 문단에 신선한 파문을 일으켰다.

그동안 박인환의 아내의 몸에는 두 사람의 사랑의 결실인 첫아기가 커가고 있었다. 그의 시처럼 "백합처럼 향기를 풍기고" 온 그 겨울, 아내가 산고의 고통을 겪을 때 박인환은 "목침이라도 좋으니 어서 빨리 아기가 태어났으면" 하고 초조하게 기다렸다.

이윽고 12월 8일 아침 종소리처럼 우렁찬 울음소리와 함께 햇덩이 같은 아기가 태어났다. 아버지가 된 박인환은 세상을 다 얻은 것처럼 기뻐했다. 어린 아들을 품에 안고 북소리처럼 크게 울리는 자신의 심장이 아이의 여린 숨소리와 합쳐지는 것을 느꼈다. 이 작은 생명이 장차 험한 세상을 살아갈 것을 생각하니 그는 자신도 모르게 울컥했다.

박인환은 첫아들 이름을 세상 '세'에 꽃다울 '형' 자를 써서 세상에 꽃다운 향기를 내는 인물이 되라는 뜻으로 '세형'이라고 지었다. 첫아들 세형이 태어나자 단란한 가정에 날마다 웃음꽃이 피어났고, 다리가 불편한 박인환의 어머니는 첫손자를 안아보기 위해 날아갈 듯한 몸짓으로 원서동에서 광화문까지 다녀가곤 했다. 사내아이를 처음 품에 안아본 박인환의 장인은 외손자인 세형을 금쪽같이 아꼈다. 행여 외손자가 추울까 봐 광화문 집 담장에 하늘이 보이지 않을 만큼 장작을 쌓아놓고 손수 아궁이에 불을 지폈다.

나와 나의 청순한 아내
봄날 순백한 결혼식이 끝나고
우리는 유행품으로 화려한 상품의
쇼윈도우를 바라보며 걸었다
(……)

평범한 수획(收獲)의 가을
겨울은 백합처럼 향기를 풍기고 온다

죽은 사람들은 싸늘한 흙 속에 묻히고
우리의 가족은 세 사람.

- 박인환, 「세 사람의 가족」 일부

김경린 시인은 친구들 앞에서 농담 반 진담 반으로 박인환의 처가가 왕가의 후예라 인환이 왕실의 위력에 눌려서 공처가 노릇을 한다고 곧잘 놀리곤 했다. 그러자 박인환이 싱긋 웃으면서 이렇게 응수했다.

"한번은 충무로를 걸어가고 있는데 어떤 신사분께서 그것도 아주 멀쩡하게 생긴 분께서 말이야, 냄비를 받쳐 들고 조심스럽게 걸어가는 거야. 웬 신사분께서 곡예를 하시나 가까이 가서 자세히 보니까 뜻밖에도 경린이라는 사내가 아니겠어? 그래 뭐냐니까 글쎄, 부인이 냉면 생각이 난다고 성화여서 냉면 사 가지고 가는 길이라는 거야. 어때, 이만하면 경린의 엄처시하의 도를 가히 짐작할 만하잖아!"

박인환의 반격에 친구들이 한바탕 웃음을 터뜨렸다.

6

새로운 도시와 시민들의 합창

박인환은 1949년 4월에 김경린, 김수영, 임호권, 양병식과 함께 ≪신시론≫ 2집에 해당하는 시선집 『새로운 도시와 시민들의 합창』을 도시문화사에서 발간했다. 김경린은 「매혹의 연대」, 임호권은 「잡초원」, 박인환은 「장미의 온도」, 김수영은 「명백한 노래」, 양병식은 「역시 3편」을 실었다.

책의 디자인은 새로운 감각에 부합되도록 사진과 그림, 도형을 조화롭게 이용해 구성했고, 당시는 양장 제본이 어려운 때라 표구에 관심이 있었던 시인 김경린의 아버지가 직접 양장 제본을 했다.

"어떻게 해서든지 우리는 팔리지 않는 책을 만들어야 해."

그 시대에 가장 많이 팔리는 책은 그 시대에 가장 뒤떨어지는 것이라는 역설을 토해가면서 그들 모두는 합동시집의 출간을 기뻐했다. 그들은 시인 김수영의 어머니가 경영하는 단골술집 '유명옥'에서 시끌벅적 떠들면서 기쁨을 함께 나누었다.

나는 불모의 문명 자본과 사상의 불균형한 싸움 속에서 시민정신에 이반된 언어 작용만의 어리석음을 깨달았었다. 자본의 군대가 진주한 시가지는 지금 증오와 안개 낀 현실이 있을 뿐…… 더욱 멀리 지난날 노래하였던 식민지의 애가이며 토속의 노래는 이러한 지구에 가라앉아 간다.

그러나 영원의 일요일이 내 가슴속에 찾아든다. 그러할 때에는 사랑하던 사람과 시의 산책의 발을 옮겼던 교외의 원시림으로 간다. 풍토와 개성과 사고의 자유를 즐겼던 시의 원시림으로 간다.

- 김경린 외, 『새로운 도시와 시민들의 합창』 서문

박인환은 해방 후 모더니즘 운동의 기수로 나서서 첫 결실을 얻은 것이었다. 그들의 문학은 일제 말의 취향을 답습하지 않고 완전히 결별한 데서 시작된 것이다.

해방 직후 우리 문단이 정치적 이데올로기에 휘말려 있었던 당시 ≪신시론≫의 발간은 신선한 충격이었으며, 그에 이어 발간된 『새로운 도시와 시민들의 합창』은 이전 동인들 가운데 이데올로기 성향이 짙었던 김병욱과 김경희의 탈퇴로 문학의 순수성이 더욱 강화되었다.

박인환은 『새로운 도시와 시민들의 합창』이 출간되자 증정과 배본을 위해 발꿈치의 힘줄이 뻐근해지도록 뛰어다녔다. 박인환과 김경린은 정신적 노력의 결과만 생각했지 판매 부수는 관심이 없었다. 박인환은 동인지 출간을 기념하며 친구들과 술을 마시다 늦게 귀가하기 일쑤였다.

"경린이, 미안하지만 우리 집까지 같이 가줘야겠어. 정숙은 무조건 경린이와 같이 다녔다고 하면 신뢰하니 탈이지."

그런 연유로 김경린은 박인환의 집에 자주 가곤 했다. 그의 집 거실에는 장서가 즐비했고 먼지 하나 없이 깨끗이 정돈되어 있었다. 그 모습을 보면서 김경린은 박인환이 얼마나 책을 아끼고 소중히 여기는지 새삼 느낄 수 있었다.

1949년 7월, 박인환은 자유신문 기자 신분으로 다른 네 명의 기자들과 함께 국가보안법 위반 혐의로 내무부 치안국에 체포되었다. 『새로운 도시와 시민들의 합창』의 서문에 "자본의 군대가 진주한 시가지는 지금 증오와 안개 낀 현실이 있을 뿐"이라고 쓴 것처럼, 그는 미군 점령하에서 단독정부가 수립된 과정에 대해 남로당의 반체제적인 입장에 가까운 반감을 갖고 있었다.

1949년 박인환은 자유신문사를 사직하고 경향신문사로 직장을 옮겼다. 경향신문사에는 소설가 김광주가 문화부장으로 있었다. 그는 대륙적인 기질을 가진 대인으로 신문사의 살림을 도맡아 했다.

박인환은 신문사에 다니면서 20세기 후반이란 의미로 '후반기' 동인을 결성했다. 『새로운 도시와 시민들의 합창』이 나온 후 김수영, 양병식, 임호권 등이 빠지고 이한직, 조향, 이상로 등이 참가해 후반기 동인을 결집하기에 이르렀다.

7

검은 준열의 시대

1950년, 6·25 전쟁이 발발해 수많은 사람들이 피란을 떠날 때 박인환은 서울에 남았다. 임신 7개월의 아내는 인왕산처럼 배가 불러 있었다. 세 살 난 어린 아들 손을 잡고 배가 부른 아내를 데리고 어디로 피란을 간단 말인가? 박인환은 처가 식구들과 함께 광화문 집에 남기로 했다. 9·28 수복이 있기까지 그 석 달은 박인환에게 랭보의 시 제목처럼 '지옥에서 보낸 한 철'이었다. 박인환은 당시의 비참함과 절망감을 이렇게 기록했다.

6월 28일 아침 나는 울었다.

이제부터 나와 같은 자유인은 어떻게 살아가란 말이냐. 이제까지의 모든 희망과 꿈은 사라졌다. 우리가 믿었던 정부와 군대는 아무 소리도 없이 도망쳐버리고 불쌍한 자유시민만이 이 주검의 도시를 지키기에는 너무도 힘이 들었다.

지나간 주검뿐만 아니라 간단없이 아무 죄 없는 사람이 또다시 쓰러져간다. 나와 알지 못하는 청년이 아니라 친척 집에서 이웃집에서 사람이 끌려가 사직공원이나 미아리 밖에서 총살된다. (……)

전향을 신문지상에 공포한 문학자들과 미술가들이 해방의 날이 왔다고 거리에 날뛰며 이곳저곳에서 김일성의 초상화를 그리고는 만화가들이 의기양양하게 뛰어다녔다. 괴뢰군을 위해 빵가게를 연 여류 소설가는 며칠 전까지는 공산주의 반대자였다. (……) 호흡은 하나 정신은 기절 상태이며 입에서 말소리는 들려오나 그것은 의미가 없다. (……)

나의 아내는 잠을 자지 않아가면서 대문 소리만 나도 숨으라고 했다. 친구 집에 가서 우정 라디오 방송 소리를 듣고 와 "유엔군이 참전했다"는 소식을 뉴스로 알려주었다. 나는 다락방에 숨어서 「검은 준열의 시대」라는 시 한 편을 썼다. 그러나 시가 나를 위로해주는 것도 아니며 자유를 가지고 오지 못했다.

물자와 금전의 결핍으로 온 가족이 영양 부족이 되었다. 하는 수 없이 선풍기, 트렁크, 양복, 그 외 것을 들고 남대문 시장에서 내 자신이 장사를 했다. 장만형 형이 이 광경을 보고 비통한 표정으로 지나가는 것이다. '우리 서로 무사합시다.' (……) 거리에 나가면 골목길로 걷고 집에 오면 다락 속에서 책을 읽었다. 혹시 아는 사람을 만나도 악수 이외는 다정한 말, 나의 진실한 뜻을 전해본 일이 없다. 스스로 판단하는 것은 내 양심이 준 자유를 마음속으로 간직하고 내일도 모레도 유지한다면 반드시 기다리던 날이 오겠지, 이것을 믿고 살았다. (……)

내 아내는 그달이 만삭이어서 혹시 어린애를 낳으면 이름을 어떻게 지어야 하는가를 물었다. 그리고 우리의 결혼 기념 반지를 팔아 도중의 여비로 쓰라고 했다. 내가 집을 나올 때, 아내는 무슨 일이 있더라도 무사히 살아서 만나자고 말하는 것이다. 아마 집에 들어가서는 울었을 것이다. (……) 안개 짙은 새벽길을 떠나 70리를 지나고 9월 23일 결국엔 소위 보안대원에게 세 사람이 잡혀 이천 보위부에서 밤새도록 취조를 받은 후 겨우 석방되었다. 그간의 경위를 여기에 적을 필요는 없고 다시 서울에 오는 수밖에 도리가 없었다. (……)

그간 많은 인명이 그들에게 빼앗겨갔다. 발악한 그들은 방화, 약탈을 하고 서울은 생지옥이다. 형무소에 수감된 사람이 대부분 피살되었다는 소식과 아울러 유엔군이 한강 도하 작전에 성공했다는 것을 알았다. 포성과 기총의 요란함은 온 장안을 부수는 듯 진동하였으며 밤은 낮과 같이 밝다. 중요한 시가지가 불타오른다.

9월 25일 아침, 아내는 폭격 아래서 계집애를 낳았다. 불과 100미터 앞은 불바다다. 그래서 나는 딸의 이름을 '세화'라고 부르기로 했다. '세상이 평화롭게 되었다'는 뜻에서이다. 그후 이틀 후 서울은 굴욕과 박해의 치욕에서 해방되고 우리는 갈망하던 자유를 찾았다. 지나고 나니 좋은 경험을 했으나 자유를 찾기 위해서는 수만의 사람이 죽고 도시가 불타버리고 마음마저 황폐한 세상이 되어버렸다.

- 박인환, "암흑과 더불어 3개월", ≪여성계≫, 1954년 6월

1950년 9월 25일 아침, 아내의 진통이 시작되자 박인환은 아내와 함께 산파를 찾으러 집을 나섰다. 인사동 네거리에서 인민군들이 그들의 앞을 막아섰다. 그러자 박인환이 절규하듯 소리쳤다.

“보시다시피 아기가 곧 태어날 것 같아 산파를 찾아가
는 길이오.”

그러자 그들 중 한 사람이 말했다.

“동무들, 그냥 비켜주시오. 포격이 심해서 어차피 얼마
못 가서 죽을 목숨일 텐데…….”

그들이 길을 비켜주자 박인환은 포화 속을 뚫고 아내와
함께 산파를 찾아갔다. 바로 그날 광화문 집은 폭격을 당해
지붕이 무너졌다. 집을 비우지 않았으면 온 가족이 큰 변을
당했을 것이다.

기총과 포성의 요란함을 받아가면서
너는 세상에 태어났다 주검의 세계로
(……)

서울에 피의 비와
눈바람이 섞여 추위가 닥쳐오던 날
너는 입은 옷도 없이 벌거숭이로

화차(貨車) 위의 별을 헤아리면서 남으로 왔다.
(……)

엄마는 전쟁이 끝나면 너를 호강시킨다 하나
언제 전쟁이 끝날 것이며
나의 어린 딸이여 너는 언제까지나
행복할 것인가.

전쟁이 끝나면 너는 더욱 자라고
우리들이 서울에 남은 집에 돌아갈 적에
너는 네가 어데서 태어났는지도 모르는
그런 계집애.

나의 어린 딸이여
너의 고향과 너의 나라가 어데 있느냐
그때까지 너에게 알려줄 사람이
살아 있을 것인가.

- 박인환, 「어린 딸에게」 일부

　1950년 9월 28일, 서울이 수복되자 중앙청에는 태극기가 다시 걸리고 피란 갔던 사람들이 되돌아왔다. 전쟁의 상흔으로 얼룩진 폐허의 절망 속에서도 그들은 뼈아픈 삶을 이어가야 했다.

　예술가들이 돌아오자 명동은 다시 활기를 되찾는 듯했다. 찻집에서는 그 당시 유행하던 「솔베이지의 노래」를 틀어주었고, 술집에서는 살아남은 이들이 죽은 이들을 위해 서러운 술잔을 부딪쳤다.

　오래 지나지 않아 중공군의 개입으로 상황이 뒤바뀌면서 1·4 후퇴가 시작되었다. 3개월간의 암흑기를 경험한 박인환은 가족들과 함께 피란민의 대열에 동참하기로 했다. 그는 이미 건네받은 후반기 동인들의 원고를 광화문 집 마당 한 귀퉁이에 묻었다.

　1950년 12월 8일 큰아들 세형이의 생일날, 박인환은 가족들과 함께 야간 군용열차를 타고 피란길에 올랐다. 기차 지붕 위에도 피란민들이 대열을 이루었다. 그들은 추위에 꽁꽁 언 별자리를 따라 짙푸른 하늘을 머리에 이고 남쪽으로 향했다. 대구에 도착한 박인환은 동인동에 방을 얻어 가족들을 피란시킨 후 다시 서울로 올라와 종군기자로 활동해야 했다.

"아군 진격 뒤이어 기쁨에 피로에도 고사!

정든 땅 찾는 종군 피란민"

〈한강 인도교 상에서 본지 특파원 민재정, 박성환, 박인환 발〉

아군 부대가 완전히 한강선에 도달했다는 보도를 도처에서 들은 수십만의 피란민은 북쪽으로 방향을 돌리고 있다. 이들 피란민의 대부분은 외모로부터 행장에 이르기까지 흡사히 걸인이 되고 말았다.

4, 5세밖에 안 되는 여아와 70세에 달한 노인들이 아침과 저녁의 식사도 변변히 얻지 못하고 서울로 향하고 있다. 서울에 가면 이들은 어찌될 것인가?

정든 서울에의 향수는 이들의 전 생명인 것 같기도 하다. 멀리서 아군의 공습의 폭음이 들리고 간혹 분산된 적의 직사포가 터진다. 그러나 이들 피란민들은 충혈된 눈과 피곤에 빠진 발을 화열에 덮인 서울로 돌리고 그대로 기아의 행진을 계속한다.

지프 앞에 퍼덕이는 본사 기를 바라보고 반가이 뛰어오며 "서울로 가십니까?" 묻는 아이 업은 여자는 도리어 남편이 가 있는 대구와 부산의 걱정을 하며 서울에 들어가면 또다시 가족들이 모여 살 수 있을 것이라는 희망을 갖는다.

온 민족의 수난을 혼자 몰아 받은 것과 같은 이들 수십
만에 달하는 피란민은 신발도 없이 돈도 없이 남편도 없이
서울로 간다. 이들은 군의 진격에 뒤이어 따라 정든 땅을
찾아간다. 그리하여 우리는 이 피란민을 '종군의 피란민'이
라는 칭호로써 부르기로 했다.

한 톨의 쌀도 볼 수 없다는 폐허의 도시, 서울 집은 허
물어지고 남겨둔 가재는 공산군에게 전부 약탈되었다는 서
울로 이들은 무엇 때문에 돌아가는지 우리는 참으로 이해
키 곤란하였다.

- 박인환, ≪경향신문≫, 1951년 12월 18일자

박인환은 마당 한 귀퉁이에 파묻었던 후반기 동인들의 원
고를 파냈다. 땅속의 원고는 빗물이 스며 흙물이 약간 들었
을 뿐 활자는 무사했다. 부산에 가면 동인들에게 소중한 원
고를 전달해줄 생각이었다.

1951년 5월 종군작가단이 결성되자 박인환은 서부 전선과
강원도 화천 등지에서 전쟁에 대한 참혹함을 다시 생생하게
겪게 되었다. 죽은 자들만이 겪을 수 있는 최악의 날이 날마
다 되풀이되고 있었다.

형님, 저는 담배를 피우게 되었습니다

이런 이야기를 하던 날

바다가 반사된 하늘에서

평면의 심장을 뒤흔드는

가늘한 기계의 비명이 들려왔다

20세의 해병대 중위는

담배를 피우듯이

태연한 작별을 했다

- 박인환, 「어떠한 날까지 이 중위의 만가(輓歌)를 대신하여」 일부

담배를 피우듯이 생명을 거둔 한 젊은 병사의 죽음은 그에게 실존에 대한 허망함과 삶에 대한 깊은 회의를 갖게 했다. '꽃다운 젊은이들은 누구를 위하여, 무엇을 위해 고귀한 생명을 저버린단 말인가.' 박인환은 그 절망을 정직하게 받아들이며 시를 썼으나 쓴다는 것의 의미를 잃어가고 있었다.

형제들에게 총부리를 겨누는 동족상잔의 비극은 인간만이 서로 죽일 수 있으며, 인간은 무슨 일이든지 저지를 수 있다는 참혹한 극단으로 치닫고 있었다.

1951년 경향신문사 본사가 부산으로 내려가게 되자 박인

환은 가족들을 대구에 남겨둔 채 부산으로 내려가게 되었다.
부산에서 박인환은 참담한 심정으로 아내에게 편지를 썼다.

정숙이에게

나와 내 친우들은 아직도 사람들이 살아 있는 최후의 거
리인 바닷가의 무덤을 걸어 각자의 목적지로 향하였습니다.
이 편지를 쓰고 있는 시간은 이 집에서 나만이 눈을 뜨고
있는 조용한 새벽입니다. 어젯밤 나는 소설가 김광주 씨와
어느 술집 지붕 밑 이층에서 폭음하였으나 정신은 참으로
명백하였습니다. 그러므로 나는 김 씨의 저의 내부 환영을
즐겁게 받았으나 지금 생각하니 나는 하루 바삐 부산을 탈
출할 생각입니다. 어디가 도시의 중립이며 내 위치를 결정
하여야 옳을지 도무지 분간 못하고 있습니다. (하략)

- 1951년 11월 5일 아침

사랑하는 아내에게

(전략) 세화가 아프다니 걱정입니다. 우선 음식 조심시켜

야 합니다. 당신의 책임은 어린애들을 잘 기르는 것입니다. 아프다는 세화가 불쌍합니다. 그 귀여운 얼굴로 몸이 아파서 찡얼거리며 "아빠, 아빠"하고 나를 부르고 있을 것이니 더욱 귀엽고 애절합니다. 세화가 빨리 건강해지도록 오늘 저녁 자기 전에 하느님께 기도 올리겠습니다.

세화에게 전해주시오.

세화야, 아빠는 네가 보고 싶다. 참으로 귀여운 세화야, 아빠는 네 곁에 있어야 할 것인데 가족이 무엇인지 나보다도 우리 가족을 위해 지금 너와 떨어져 있단다. 세화야, 세형이 오빠하고 즐겁게 놀도록 빨리 회복해라. 할머니가 너무 먹을 것을 많이 주더라도 먹지 말고, 잘 네 몸 조심해라. 아빠는 네가 몹시 아프다는 말을 듣고 손에 아무 맥이 없다. 그리고 눈물이 난단다. (하략)

- 1951년 겨울

그해 겨울, 함박눈이 내리는 크리스마스 밤이었다. 박인환은 눈보라 속의 낯선 거리를 걷다 골목길에서 한 소녀가 울고 있는 모습을 보았다. 보통 때 같으면 그냥 지나쳤겠지만 그날은 술의 힘을 빌려 왜 우는가를 물었다.

"아버지가 돌아가셨어요."

　박인환은 소녀의 대답에 술이 확 깼다. 그는 발자국이 찍히지 않을 만큼 가냘픈 소녀의 뒤를 따라갔다. 집이라고는 말뿐인 판자집 속의 희미한 등불 아래서 소녀의 어머니도 역시 흐느껴 울고 있었다.

　박인환은 자신도 모르게 낡은 외투의 주머니 속에 손을 넣었다. 주머니 속에는 구멍이 뚫려 있었다. 그는 외투 주머니 속의 돈을 모두 꺼내 조의금으로 내놓았다. 구멍이 뚫리지 않았으면 조금 더 주었을지도 모른다.

　소녀의 아버지가 무엇을 하던 사람인지, 그 소녀의 이름이 무엇인지 알려고 하지 않은 채 박인환은 모녀가 거절하는 것을 뿌리치고 산타 할아버지 역할을 했다.

　박인환은 그때의 이야기를 "크리스마스와 여자"라는 제목으로 ≪신태양≫에 이렇게 실었다.

　크리스마스라고 하지 않아도 여자…… 라고 생각할 땐 나는 눈 내리는 시베리아 들판으로 유형되는 카추샤를 생각한다. 또 눈이 내린다. 내 가슴에 가볍게 눈이 내린다 하면 크리스마스를 역시 연상케 하는 것이다. 실상 나와 크리스마스와 여자와는 웬일인지 인연이 깊은 것 같은 지나친 나의 리리시즘의 정신이라고 하여야만 되겠다.

겨울 날, 밖에는 눈바람이 쌩쌩 부는데 따스한 방 안에서 처음 만나는 여자와 손이라도 잡고 시인 '구르몽'의 시몽 이야기라도 하고 싶다. 그리고 이야기가 멈출 때 양주라도 한 잔 마시며 창밖 풍경을 내다보는 것도 정서일지 모르나 요즘과 같이 준열의 시대에는 요만한 낭만도 있을 성싶지가 않다.

겨울은 외로운 계절이다. 무척 마음을 상하게 하는 밤들이 이어 온다. 그럴 때 여자를 만나 크리스마스이브의 종소리를 들으면 잠들지도 못하고 그러면서도 고요한 거리, 절대 눈이 내려야 하는 거리를 걷는다면 얼마나 좋을 것인가?

공상이나 잡념을 그만두고 좀 더 절실한 이야기를 하고 싶다. 암만 마음속으로 크리스마스와 여자에 관한 달콤한 얘기를 한댔자 기분이 어우러지지는 못할 것이다.

그 당시 내가 일을 보고 있었던 회사는 가톨릭계였기 때문에 나를 빼놓은 사원의 대부분은 초저녁부터 교회에 가는 것이다. 나는 혼자 이 집 저 집의 아는 주점을 찾아다니며 술을 마시고 혹시 산타클로스 할아버지나 만나면 용돈이나 달라고 싶은 심정이 되었다.

밤은 깊어졌다. 교회의 앞을 지날 때 요란스럽게 그러하면서도 부드러운 찬미가가 들린다. 마치 술 취한 나를 비웃는 듯이……. (하략)

- 박인환, 《신태양》, 1955년 12월호

크리스마스 날 밤 아버지를 여의고 흐느끼던 그 낯모르는 소녀의 애처로운 모습을 생각하면서, 그는 먼 훗날 어여쁜 숙녀로 성장한 그 가냘픈 소녀가 출중한 청년과 함께 눈송이 날리는 크리스마스 날에 작고한 아버지의 이야기를 하면서 걸어가는 것을 들창으로 바라볼 수 있으면 좋겠다고 생각했다.

박인환은 그날따라 대구에 두고 온 아내와 아이들이 몹시도 그리워 편지를 썼다.

사랑하는 나의 정숙이에게

오늘 나는 당신에게 또다시 붓을 들었습니다.

나는 오늘처럼 우울했던 날이 없었습니다. 당신을 대구에 두고 나만 이 부산의 거리를 헤매고 있는 것이 슬펐습니다. 나는 행운의 사람인데도 어째서 이다지도 쓸쓸한 것일까?

나는 나 혼자 여기 와서 우울한 것이 어디 있는가? 자문자답하여도 속이 시원하지 않습니다. 나는 당신과 떨어져 있는 것이 서럽습니다.

당신이 있는 곳에서 나는 살고 나는 죽어야 합니다. 당신이 지금 내 곁에 없으니 울고 싶고 웬일인지 죽을 것 같습니다. 방이 뭐냐? 돈이 뭐야? 나는 당신이 있는 곳이 한없이 그리워질 뿐입니다. 나를 당신은 욕하시오, 미워하시오.

당신이 말할 수 있는 모든 말로써 나를 꾸짖어주시오. 나는 반가이 받아들이겠습니다. 당신이 내 곁에서 떨어진 것이 아니라 내가 당신 곁을 떠난 것 같습니다. 허나 나는 당신의 품 안에서 지금 울고 있는 것 같은 심정입니다. 사는 것이 무엇이기에 나는 혼자서 바닷바람을 마시는지.

아! 용서하시오, 나는 너무도 무기력한 사람이 되고 말았습니다. 용기는 옛날에 팔아버렸지요. 울고 웃으며 나는 이렇게 허무한 세상을 살고 싶지 않습니다. 나는 지금 죽어도 좋으니 웃음의 친구도 울음의 친구도 되고 싶지 않습니다. 오직 우울합니다.

절망입니다. 처자를 시골에 내던지고 죄진 자처럼 썩은 바다의 도시를 헤매고 있습니다. 아, 불행한 것이 나는 아니겠지요.

예술인들도 피란지 부산으로 모여들었다. 그들은 전쟁으로 흩어진 친우들을 만나거나 소식을 듣기 위해 광복동 로터리에 있는 '밀다원'으로 모여들었다. 그토록 불안하고 불확실한 시절 함께 모여야만 서로 위안이 되고 위로가 되던 시절이었다.

밀다원은 광복동 로터리에서 시청 쪽으로 조금 내려가는 길에 있던 이층 다방이었다. 흩어졌던 문인들은 대부분 밀다원에서 다시 만났다. 그들은 서로 손을 내밀어 악수를 하면서 친구란 것이 이렇게 좋다는 것을, 달고 향기로운 술같이 전신에 그 기운을 퍼뜨려 마음을 기쁘게 해준다는 것을 처음으로 깨달았다.

어느 날 밀다원에서 낭만파 시인 정운삼이 수면제를 복용하고 자살하는 사건이 일어났다. 이어 시인 전봉건의 형인 전봉래가 스타 다방에서 동료들이 지켜보는 가운데 죽음을 맞이하는 일이 일어났다. 전봉래의 죽음은 "어느 시인의 실존적 죽음"이라는 제목으로 어느 신문에 대서특필되었다.

박인환은 밀다원의 구석진 자리에서 소설가 이봉구에게
편지를 썼다.

이봉구 형

오랜만에 인사드립니다.

폐허의 도시를 방황하는 명동 이 집시 — 형이 서울신문
지상에 글을 쓴 것을 보고 새삼스러이 형과 또한 우리들
청춘의 영원한 묘지인 서울이 한없이 그리워집니다. 지난
해 초겨울인가 만추인가 기억은 없으나 부산에서 유서를
써놓은 그 이름 '명동 할렐루야'를 우리 부부는 서울도 갈
수 없고 부산에도 내려갈 수 없었던 시절에 읽어본 일이
있습니다.

요즘 죽지도 못하고 그저 정신을 잃고 바닷가의 무덤을
헤매고 있습니다. 부산은 참으로 우리와 같은 망각자가 살
아나가기에는 너무도 가열의 지구입니다. 저의 처와 어린
것들은 그대로 대구에 남겨놓고 나는 무엇이 그리워서 또
는 무엇이 그다지도 무서워서 부산을 걸어 다니는지 모르
겠습니다.

서울은 참으로 좋은 곳입니다. 모든 수목과 건물이 살아

있는 자에게 인사하여주는 곳이고 만일 죽어 넘어진 곳이
있더라도 그 어떤 정서와 회상을 동반하여줄 것입니다.
1946년부터 1948년 봄에 이르기까지 우리의 아름다운 지
구는 역시 서울이었습니다. 그리고 서울은 모든 인간에게
불멸의 눈물과 애증을 알려주는 곳입니다. 마치 형의 글
속에 나타나는 '갈대'와 '성 명동 사원의 종소리'가 울리는
것처럼……. (하략)

- 부산에서 박인환

　가랑잎처럼 홀로 떠돌던 박인환은 마침내 대구에 있던 그
리운 가족들을 부산으로 데리고 왔다. 조병옥 장관의 후임으
로 임시수도인 부산에서 내무부장관으로 취임한 처삼촌 이순
용이 박인환의 가족을 물심양면으로 도왔다. 박인환은 대신
동에 두 칸짜리 방을 얻었고 모처럼 한 가족이 한 지붕 밑
에서 모여 살게 되었다.
　그 무렵 박인환은 월급이 나오지 않는 경향신문사를 그만
두고 연합신문 문화부에 근무하는 시인 김규동을 찾아가 새
로운 뉴스를 전해 들으면서 불확실한 미래에 대해 이야기를 나
누곤 했다.

97

그 당시는 대부분의 사람들이 염색한 군복을 입거나 작업복을 입던 시절이었으나 박인환은 언제나 말쑥한 양복 차림이었다. 무더운 여름, 광복동 거리는 찌는 듯한 열기를 품고 있었다. 사람들은 대게 그늘진 곳을 골라 왕래했다. 그러던 어느 날이었다. 박인환이 남포동 골목 쪽으로 들어서려는 순간, 길목을 지키고 서 있던 헌병이 사람들의 앞을 가로막았다. '제2국민병 수첩(당시의 병적증명서)'을 검사하던 것이었다. 수첩이 없는 사람들은 전봇대 밑에 붙들려 세워졌다. 김규동도 그들 중에 서 있었다.

그때 박인환이 점잖은 걸음걸이로 그들 앞을 지났다. 지나가면서 그는 헌병을 향해 가볍게 손을 흔들어 보이면서 말했다. "수고하십니다!" 그는 무사히 통과했다. 박인환도 김규동과 마찬가지로 국민병 수첩이 없었다. 그러나 구겨진 바지에다 티셔츠 바람인 김규동은 검문에 자주 걸리는 데 반해 무더운 여름날에도 정장을 하고 영국 신사처럼 점잔을 빼며 걷는 박인환은 헌병의 검문에 걸리는 일이 거의 없었다. 박인환이 김규동에게 말했다.

"요다음에 걸리면 시인이라고 해봐. 나 일전에 역전에서 걸렸을 때 시인이라고 했더니 경례를 붙이면서 가시라고 하던데."

"자넨 감히 그랬을 거야. 어디서 그런 염치가 생겨나나,
놀고먹고도 버젓이 살아 다니니."

누가 쏘아붙이듯 말을 내뱉거나 놀려대도 그는 성을 내는
일이 없었다. 그저 빙긋 웃기만 할 뿐이었다. 박인환은 친우
들에게 자신이 해방 직후 한때 권투를 배웠다고 했다. 그래
서 애인과 함께 밤거리를 다녀도 악한들의 습격을 당할 걱
정은 조금도 없다고 했다. 친구들은 이것이 거짓말이라는 것
을 알면서도 재미있는 녀석이라고 하며 늘 속아주었다.
박인환은 미군 부대에서 나오던 양담배인 럭키 스트라이
크를 피웠고, 주머니 사정이 좋으면 친우들과 조니워커 블랙
을 마셨다. 어느 날 광복동에서 김경린을 만났을 때 박인환
의 손에 선물 꾸러미가 들려 있었다.

"그게 뭔가?"

그가 묻자 박인환이 난처한 듯 말했다.

"어느 여성한테서 받은 선물인데 야단났어. 집에 가지고

들어갈 수도 없고."

그가 받은 선물은 그 당시 구하기 힘들었던 외국산 명품 셔츠였다.

"차라리 국제시장에다 팔아서 술이나 마실까?"

한참 동안 전전긍긍하던 박인환은 마침 보수천을 지나게 되자 선물 꾸러미를 그곳에 던져버렸다.

"사랑이여, 너의 고국으로 돌아가라!"

이별의 말과 함께 선물 꾸러미를 개천에 던진 그는 뒤도 돌아다보지 않았다.
한동안 소식을 모르고 지내던 시인 조병화와 광복동 거리에서 우연히 만난 박인환은 반가움에 손을 내밀었다.

"병화, 나야. 이렇게 살아 있다."

두 사람은 국제시장의 단골 술집으로 가서 목을 축이며

그동안 겪었던 비참한 경험에 대해 이야기를 주고받았다.

"김수영한테서 온 엽서다."

조병화는 호주머니에서 엽서를 꺼내어 박인환에게 건넸다. 조병화는 박인환을 통해 시인 김수영을 알게 된 터였다.

"나 이곳에 있다. 포로수용소지만 무섭지 않은 곳이다. 한번 찾아와다오."

김수영은 서울에서 북괴 의용군으로 나갔다가 포로가 되어 부산 동래의 유엔포로수용소에 갇혀 있었는데 서울고등학교에서 교편을 잡고 있던 조병화에게 엽서를 보내온 것이었다 (그의 학교는 피란지인 부산에 내려와 천막 교실을 열고 있었다). 박인환은 그 길로 김수영을 만나러 간다고 하면서 엽서를 주머니에 넣고 일어섰다. 며칠이 지나 박인환은 문인들의 아지트인 부산 광복동 금강 다방에서 조병화를 다시 만났다.

"병화, 너 후반기 같이할래?"
"안 해."

조병화는 문학운동을 싫어했다. 그러나 박인환의 시는 좋아했다. 그의 재치, 멋, 낭만, 진지함, 비관적인 인생관에 항상 공감했다. 그는 박인환에게 "커피 한 잔도 비굴한 건 마시지 않는 정신적인 귀족"이라고 핀잔하듯 말하곤 했다.

1953년 봄, 수용소에서 나온 김수영은 부산에서 가장 먼저 박인환을 찾아왔다. 그는 김수영의 어려운 처지를 알고 백방으로 뛰어다니면서 그의 거처를 마련해주었다. 박인환이 그동안 쓴 시를 보여주자 김수영은 뜻을 알 수 없는 생경한 낱말들에 대해 물었다.

"수영아, 이건 네가 포로수용소에 있는 동안에 새로 생긴 말이야."

박인환이 미소를 지으면서 선뜻 그렇게 말했다.

"네가 종로에서 마리서사를 운영하고 있을 때, 너는 나한테 이런 말을 한 적이 있었어. 초현실주의 시를 한번 쓰던 사람이 거기에서 개종해 나오게 되면 그 전에 그가 쓴 초현실주의 시는 모두 무효가 된다는 의미의 말이었지. 그 말을 듣고 프로이트를 읽어보지도 않고 모더니스트들을 추

102

중하기에 바빴던 나는 얼마나 오랫동안 너의 그 말을 해석
하려고 고민했는지 모른다."

"수영아, 그건 그때 널 놀리려고 한 말이야."

그의 미소에 김수영은 할 말을 잃었다.

박인환은 김수영과 함께 야자수 다방에서 박태진 시인을
만나 그의 일자리를 부탁했다. 박태진은 장인의 힘을 빌려
김수영이 대구의 미군 수송부대에서 통역관으로 일하도록 주
선해주었다.

박인환은 신시론 동인이였으며 오랫동안 우정을 나눈 김
수영을 위한 일이라면 이렇듯 발 벗고 나섰다. 더 이상 갈
곳이 없었던 그 시대 그 시절 사람들은 마치 아슬아슬한 줄
위에 선 곡예사처럼 간신히 삶을 영위하면서도 서로 돕는
인정을 보였다.

그 무렵 치안국장이 내무부장관인 이순용에게 줄을 대기
위해 박인환에게 술대접을 하겠다고 했다. 박인환은 불의의
청탁을 깨끗하게 거절하려고 했으나 배고픈 친우들을 생각해
이를 수락했다.

박인환은 부산에 있는 문우들에게 연락해 남포동 뒷골목

의 '장춘원'이란 요정으로 저녁 6시까지 모이도록 했다. 뜻밖의 기별을 받은 60여 명의 유명·무명 문인들은 주안상이 차려진 상 앞에 좌정하고는 주인공인 박인환이 나타나기만을 기다렸다. 그러나 정작 그는 참석하지 않았다. 박인환은 그 시각 장춘원에 전화를 걸어 그곳에 모인 친우들에게 모처럼의 기회니 개의치 말고 최후의 만찬인 듯 마음껏 즐기라고 했다. 박인환은 춥고 배고프던 그 시절, 동료 문인들을 위로하고 배려할 줄 아는 마음 씀씀이를 가진 사람이었다.

8

후반기를 위하여

박인환은 서울의 광화문 집 마당에서 파낸 후반기 동인지 원고를 전하기 위해 동인들을 찾았다. 김경린, 이봉래, 조향, 김차영 등 모두 무사하여 다시 만날 수 있다는 사실에 그저 감사하고 기뻤다.

"이 원고를 전하기 위해 지프차를 타고 부산까지 달려 왔단 말인가?"

"창간호에 수록할 귀한 원고인데 그만한 수고는 해야지."

박인환의 마당에서 파내 온 원고를 손에 들고 문인들은

자신들의 분신인 듯 감격했다.

　박인환은 그토록 후반기에 열정을 보였으나 하루하루 먹고살기조차 힘들었던 시절에 동인지를 발간한다는 것은 쉽지 않은 일이었다. 그들은 ≪경향신문≫, ≪국제신보≫, ≪민주신보≫에 꾸준히 작품을 발표해 후반기가 건재하다는 것을 보여주었다. 그 와중에 김경린, 이봉래, 조향 이 세 명의 시인이 한 행씩 쓴 한국 최초의 합작시 「불모의 엘레지」가 ≪민주신보≫에 발표되었다.

A 오늘도 무수히 낙하하는 에나멜의 꿈과

B 고층 건물 위에 구름처럼 나부끼는 기차와의 사이를

C 불안을 안고 전락하는 현대의 행렬이여 아멘!

A 함부로 왜곡된 이념을 찢어버리며

B 무너진 예배당의 층층대에 서서 오후의 바다를 본다

C 아이스크림과 소녀의 추억은 내 최후의 포물선을 그리고

A 오오, 샹들리에 밑에서 바라보는 태양은 우리의 렐리크

B 돔(dome)의 하늘에 박수처럼 흩어지는 무수한 부고여!

C 강아지를 끌고 나는 오후의 산보로에 선다

- A 김경린, B 이봉래, C 조향, 「불모의 엘레지」

후반기 동인들은 이렇듯 모더니즘을 바탕으로 실험적인 시 형식을 개발하기도 했다.

국제신보사의 ≪주간 국제≫의 편집장을 맡고 있던 이진섭의 배려로 1952년 6월 16일자 ≪주간 국제≫ 지면 전체에 "후반기 문예 특집"이 실렸다. 박인환은 이 지면에 「현대시의 불행한 단면」이라는 평론을 썼다.

　　시인은 시인인 동시에 다른 사람들과 같은 것을 먹고 동일한 무기로 상해를 입는 인간인 것이다. 대기에 희망이 있으며 그것을 듣고 고통이 생기면 그것을 느낀다. 인간으로서 두 개의 세계에 처함으로써 두 개의 불 사이에 서 있는 것이다. 그러나 시인은 민감한 도구이지 지도자는 아니다. 십자로에 있는 거울처럼 시인은 서서 고통을, 위험을, 제군들이 온 길과 제군들이 갈 길, 즉 제군들 자신의 분열된 정신을 나타내는 것이다.

평론 앞부분에는 이런 말을 덧붙였다.

　　우리들의 가난하고 정력적인 그룹 '후반기'의 발전과 그 사회적인 효용을 위하여 ≪주간국제≫지가 의욕하고 있던 대담한 특집 계획을 나는 처음부터 찬성하였다. 과거나 현재나 또는 미래에 대하여 아무 자신도 가지고 있지 않는 나와 우리의 멤버는 오직 경의와 이에 문화적 의미가 더욱 존재하고 있다면 감사할 뿐이다.

이 특집은 후반기 동인들의 존재와 시에 대한 이념을 여실히 보여주는 계기가 되었다. 또한 전쟁의 소용돌이 속에서 매너리즘에 빠진 한국 문단에 충격과 논란을 일으켰다. 물론 "시를 어떻게 합작할 수 있느냐, 시에 대한 모독이다!"라며 반박하는 사람들도 있었다.

1953년 3월 17일, 후반기 동인은 모더니즘의 선구자인 이상을 정신적인 지표로 삼아 그의 기일에 "이상 추모의 밤"을 열고 낭독회를 갖기도 했다.

박인환은 언제 끝날지 모르는 승산 없는 전쟁과 불확실한 삶, 후반기의 창간호가 출간될 수 없다는 무력한 현실에 술을 마시고는 이층 계단에서 굴러떨어졌다.

결국 후반기 동인들은 온달 다방에 모여 해체에 대해 의논했다. 휴전과 함께 서울로 환도가 이루어지는 분위기에서는 동인지를 출간할 수 없었고 동인 활동은 미래를 기약할 수밖에 없었다. 그러나 동인을 이끌어오던 박인환은 해체를 반대했다. 헤어지면서 그가 말했다.

"우린 촌놈이 되는 거지. 영원히 촌놈이 되는 거지."

피란 시절, 전쟁의 잿더미 속에서도 문학에 대한 그의 열정은 불꽃처럼 타올랐다.

1953년 5월 31일, 부산에서 둘째아들 세곤이 태어났다. 젊은 시인 박인환은 세 아이의 아버지가 된 것이다. 비가 쏟아지던 그날, 다섯 살 세형은 동생이 태어났다는 사실을 아버지에게 알리기 위해 집에서 그리 멀지 않은 이순용 장관 댁으로 달려갔다. 그곳에 가면 아버지에게 연락할 수 있는 전화가 있었다. 어린 세형은 아버지에게 그 소식을 전하고 비에 젖은 나무 계단을 오르다가 미끄러져 팔에 큰 상처를 입었다.

박인환은 전쟁 중 피란지에서 태어난 둘째아들 세곤을 품에 안았다. 배냇미소를 짓는 작은 생명의 경이로움 앞에 그는 이 험한 세상에 태어나게 한 것이 그저 미안하기만 했다. 이 아기가 살아가는 미래는 전쟁이 없는 평화의 세상이길 간절히 바랄 뿐이었다.

9

명동백작 박인환

1953년 7월 전쟁은 마침내 휴전 상태로 종식되었다. 박인환은 가족들과 함께 서울로 왔다. 서울 시가지는 폭격으로 폐허가 되었다. 그 폐허 속에서도 나무들은 푸른 잎을 피워 올렸고 흩어진 가족들은 다시 모여 생존을 위해 부산하게 움직였다.

박인환은 광화문의 집에 돌아와 폭격으로 무너진 지붕을 수리해 생활의 터전을 다시 마련했다. 후반기 원고를 파낸 자리에는 꽃을 심어 아이들을 위한 꽃밭을 만들었다. 아이들은 고사리 같은 손으로 꽃모종을 심으면서 흙을 다독였다.

아빠하고 나하고 만든 꽃밭에

채송화도 봉숭아도 한창입니다.

아빠가 매어놓은 새끼줄 따라

나팔꽃도 어울리게 피었습니다

이 노래는 전쟁 중에 아버지를 잃은 아이들이 끝내 돌아오지 않는 아버지를 그리워하며 부른 「꽃밭에서」라는 곡이다. 박인환은 ≪가정≫이란 잡지에 다음과 같이 썼다.

아름다운 일과 아름다운 이야기가 없는 사회는 문화가 퇴화되고, 사람들의 마음은 겨울날의 나무처럼 허전해지고 낙엽처럼 버석버석 고갈되어갈 것이다.

어느 날이든지 거리에 나가 차를 한 잔 마시면서 남의 좋은 이야기를 듣고, 다른 사람들이 좋은 아름다운 행위를 했다는 것을 알게 된 후면 발걸음이 잘 걸리고 가슴의 무거웠던 짐은 사라지고 만다. 그래서 나는 이런 이야기를 집에 돌아오면 아내와 어린것들을 모아놓고 이야기해준다. 마치 자기가 한 일을 말하듯이…… 눈물이 날 것 같고 가슴은 조니워커나 진피스를 마신 것처럼 시원해진다. 얼마나 신나는 일이냐! 얼마나 눈물겨운 일이냐! 이 세상에서도 남을 위하여 좋은 일을 한 사람이 있단다. '너도 커서 그런 사람이 되렴' 하고 어린것들에게 이야기할 때 그들의 눈은 신기해서 샛별처럼 빛난다.

아, 희망은 아직 남아 있는 사회다.

그동안 나는 이런 이야기를 들었다. 병든 친구를 위하여 그가 신세 진 여러 사람에 대한 피해를 보상해주기 위해서 애쓰는 시인 구상, 어머니가 죽어 고아가 된 어린것을 데려다 키우는 여류 수필가…… 목마른데 물 한 모금을 마신 것처럼 기분이 좋은 일이다. (……) 우리들은 비록 비참과 고통의 연속에서 산다 하더라도 다음 세대의 사람들을 위하여 우리는 좋은 사회와 가정을 만들고 이끌어 나가야만 할 것이다.

삭막하고 폐부에 찬바람이 스며들면 들수록 우리들은 남의 좋은 이야기를 해야 되고 좋은 이야기를 하기 위해서는 서로가 좋은 행위를 해야 한다.

신문이나 잡지에서 좋은 이야기를 보도해줄 때 세상은, 아니 사람의 마음은 밝아지고 우리들의 살아가는 보람이 있을 것이다.

- 박인환, "미담이 있는 사회", ≪가정≫, 1954년 12월

폐허가 된 명동은 무질서와 혼란 속에서도 조금씩 활기를 되찾아갔다. 박인환의 집과 명동은 산책할 만큼의 거리였으므로 그는 친구들을 만나기 위해 자주 명동에 나갔다.

그 당시 명동에 가면 누구든지 찾는 이를 만날 수 있었다. 신문사, 잡지사를 찾아갈 필요 없이 명동의 단골 다방에 가면 으레 찾는 이를 만나게 마련이었다. 그들이 자주 가던 곳은 동방살롱, 모나리자, 피가로, 포엠 등이었다. 그들은 그곳에서 만나 서로의 안부를 물었고 소식이 끊긴 친구들에 대해 물으며 연락처로 삼기도 했다. 심지어는 주소가 불분명한 떠돌이 예술가들의 편지가 그곳으로 배달되기도 했다.

해가 저물면 그들은 지붕 없는 술집에서 노을을 배경 삼아 술을 마시곤 했다. 시인 고은은 비 오는 날 지붕이 없던 술집에서 바라본 명동 풍경에 대해 이렇게 말했다.

비 오는 명동은 지는 놀빛도 없이 곧 어두워지고 만다. (……) 명동의 술집은 지붕이 없었다. 술도, 술을 마시는 사람도, 비어가는 술잔도 비에 젖는다. 이러한 명동은 누구나 주인도 아니고 손님도 아니었다. 댄디 맨 박인환만이 백작이라는 귀족의 칭호를 받았을 뿐이다. 그러나 명동은 슬픔만이 주인인 것이다. 이곳에서 1950년대의 젊은이들은

어떤 희망과 태양을 찾을 것인가를 번민하고 방황하고 포
기하고 있었다. 알베르 카뮈의 알제리아 지중해와 태양은
그들에게 와서 어둠이 될 뿐이었다. 명동의 술은 이렇게
환도한 것이다. 저 슬픈 겨울의 길고 좁은 항구 부산에서,
전곡 초성리와 스탈린 고지에서 돌아온 것이다.

- 고은, 『1950년대』

당시 명동에는 시인이 아니면서 시인으로 통하는 사람과,
시인이면서 내가 정말 시인인가 하고 스스로 한탄하는 사람,
이렇게 두 부류의 시인이 있었다. 그들은 서로 겉으로는 반
갑게 악수를 하면서 속으로는 경멸하는 경우가 적지 않았다.
그러나 '명동백작'으로 통하는 박인환은 늘 단정한 신사였
다. 그는 한결같이 짙은 갈색 양복에(그는 검정색 양복을 별로
좋아하지 않았다), 농익은 홍시빛의 감색 넥타이, 검정 아니면
커피색 고급양말, 짙은 갈색 구두로 단장을 했다. 날씬한 몸
매에 착 맞게 옷을 차려 입은 그의 모습은 실제보다 나이가
더 들어 보여 중년 초반의 신사 같았다. 거기에 흐린 날은
손잡이가 묘하게 생긴 검정색 박쥐우산을 들고 다녔고, 봄가
을엔 우윳빛 레인코트를, 겨울엔 러시아풍의 깃이 넓고 긴

진회색도 검정도 아닌 중간 톤의 헐렁한 홈스펀 외투를 입고 다녔다. 그의 외투 주머니에는 시가나 아이들에게 주기 위한 캔디, 또는 향이 진한 오렌지 한 개가 들어 있었다.

명동 뒷골목의 포엠은 부산의 밀다원에서 자살한 시인 전봉래가 번역한 폴 발레리의 시 「잃어버린 술」이 걸려 있는 이채로운 곳이었다. 단골손님들은 붓글씨로 벽에 이름을 거꾸로 써놓았다. 술을 맛으로 먹지 않고 멋으로 먹는 박인환의 술은 풋술이었다.

명동 뒷골목에는 시인 김수영의 어머니가 하던 조그만 대포집이 있었다. 이곳에서 이봉구를 비롯하여 김병욱, 이한직, 임호권, 김경린, 박기준 등 문인들이 모여 매일같이 떠들썩하게 술을 마셨다. 김수영의 생일이나 야간통행금지가 없던 크리스마스 밤이 되면 더욱 시끄러웠고, 때로는 술에 취한 이들이 그곳을 기점으로 진고개를 넘어 번화한 명동 쪽으로 행진하기도 했다.

박인환은 파리의 예술가들의 삶을 그리워하며 언젠가는 그곳으로 떠나고 말리라는 꿈을 갖고 있었다. 프랑시스 카르코의 『예술 방랑기』에서 예술가들이 파리의 몽마르트에서 몽파르나스까지 매일같이 줄달음치던 것처럼 박인환은 명동을 쏘다니곤 했다.

10

한국의 '제3의 사나이'

일제 말기에는 미국영화가 상영 금지되었는데 해방 직후에는 반대로 일본영화를 상영하는 것이 금지되기 시작했다. 전쟁에서 해방된 나라는 미국영화의 주요한 시장이 되었던 것이다. 미국 정부는, 무역은 영화를 따라간다는 인식 아래 1930년대부터 자국의 영화를 적극적으로 지원하는 정책을 펼쳤다. 해방 공간에서 미국영화는 독점적 지위를 누렸다.

그 무렵 박인환은 영화비평에 큰 관심을 갖게 되었다. 박인환은 오종식, 허백년, 유두연, 이봉래, 이진섭, 유한철, 김규동 등 언론인·영화인과 함께 '영화평론가협회'를 만들었다. 한국 최초의 영화평론가협회였다.

영화평론가 모임은 단성사 부근의 중국집에서 와자지껄 벌어지곤 했으나 영화에 대한 토론은 뒤로하고 술 마시는 일이 더 중대한 행사가 되곤 했다.

시나리오 작가이자 영화감독인 유두연이 무성영화의 변사를 흉내 내면서 좌중을 웃겼고, 박인환은 배우 흉내를 내면서 프랑스 영화감독인 마르셀 카르네의 영화에 대한 감동을 전했다.

"왜 이 나라에는 감독이 없느냐? 이탈리아의 네오리얼리스모(neo-realismo)를 표현하는 그런 감독 말이다."

박인환은 열변을 토하면서, 만일 그런 감독이 있다면 그 영화에 출연하겠다고 선언했다. 그 무렵 박인환은 「아메리카 시론」, 「전후 미·영의 인기배우들」, 「미·영·불에 있어 영화화된 문예작품」, 「한국영화의 현재와 장래」, 「한국영화의 전환기」, 「최근의 외국영화 수준」, 「시네마스코프의 문제」 등의 영화비평을 썼으며 〈젊은이의 양지〉, 〈제니의 초상〉, 〈물랑루즈〉, 〈챔피언〉, 〈로마의 휴일〉, 〈내가 마지막 본 파리〉 등 수많은 작품의 영화평을 발표했다.

영화제작자 차태진은 박인환에게 영화감독 또는 시나리오

작가로서의 자질이 뛰어나다며 시와 영화가 결합한 시네포엠 (cine poeme, 시나리오 형식을 취한 일종의 산문시)이란 장르에 대해 소개해주었다. 박인환은 1953년에 프랑스 영화 〈공포의 포수〉를 번역했으며, 테너시 윌리엄스의 희곡 〈욕망이라는 이름의 전차〉를 번역해 이해랑 연출로 신협극단에서 공연한 적이 있었다.

영화 〈제3의 사나이〉 시사회장에서 박인환이 갑자기 자리에서 벌떡 일어나, "이게 바로 영화예요. 백철 씨 아십니까?"하고 말하는 바람에 조용한 분위기의 시사회장은 한바탕 웃음바다가 되었다. 영화야말로 시대에 지친 영혼들을 잠시나마 환상 속에서 쉬게 해주는 가장 매력적인 비상구였다.

박인환은 영화 〈무도회의 수첩〉에 나오는 몰락한 귀족의 대사를 빌려 "귀족은 남의 빚으로 사는 것"이라고 하면서, 당시 유행하던 영화 〈카사블랑카〉의 주연배우인 험프리 보가트처럼 머리를 짧게 깎고 명동에 나타나 친구들을 놀라게 했다.

"머리가 길어야 예술가답다는 견해는 이미 낡은 세대의 유물이야."

그는 친구들에게 장 콕토의 영화 〈오르페〉에 대해 이야기
하면서 말했다.

"장 콕토는 나의 둘도 없는 정신적 친구지. 멋쟁이야."
"어디가?"

옆에 있던 이봉래 시인이 물었다.

"그 시들지 않는 청춘이."
"그 말엔 나도 동감이야."
"자, 아카데미 회원이 된 장 콕토를 위해 축배를 들자
고! 그는 지나 롤로브리지다처럼 국가적 명물이 되었다고
당선 소감에서 밝혔다더군. 멋있어!"

박인환은 이봉구와 함께 술잔을 부딪치면서 마치 자신이
프랑스 아카데미 회원이라도 된 듯이 기뻐하면서 장 콕토를
위해 축배를 들었다.

박인환이 자주 가던 삼미정이 밀린 외상과 세금 때문에
문을 닫고 떠나던 날, 술집 주인이 동방살롱을 찾아왔다. 그
는 단골손님을 일일이 찾아다니며 작별 인사를 했다.

“박 선생님 아직 안 나오셨나요?”

백발이 성성한 그는 박인환을 보고 떠나겠다는 갸륵한 마음이 들었던 것이다.

“인환 씨도 외상이 있나요?”

누군가 물었다.

“좀 있습니다만, 외상이 문제가 아니고 그 멋들어진 모습과 이야기를 앞으로 들을 수 없어서 섭섭할 뿐이지요.”

삼미정 주인은 그동안 정이 든 손님들을 더 이상 만날 수 없다는 것을 아쉬워했다.

“시민증, 라이터, 만년필을 술값 대신 맡긴 분들이 많은데 오늘 다 돌려드리고 가겠습니다. 그런데 물건 임자들이 안 보이는군요.”

마침 그때 박인환이 모습을 나타냈다.

“삼미정 앞에 웬 이삿짐 트럭이 서 있는데 뭡니까?”

박인환이 삼미정 주인을 보며 말했다.

“우리가 오늘 떠납니다.”
“떠나다니요.”
“술집 문을 닫았지요.”
“무슨 이유로?”
“외상값과 세금 때문에 더 버틸 수 있어야지요.”
“흠!”

박인환은 비장한 표정으로 담배에 불을 붙였다.

“여기 밀크 커피 두 잔 가져와!”

박인환이 거침없이 밀크 커피를 주문했다.

“아니 나는 괜찮습니다.”

삼미정 주인이 손을 내저으며 말했다.

"우리 때문에 문을 닫는 날인데 차라도 한 잔 나누어야 지, 그렇지 않습니까? 저는 지금 차 한 잔 값도 없지만 이 집에서 외상이라도 이렇게 대접하는 거지요."

주문한 밀크 커피가 나오자 박인환이 말했다.

"위스키 한 잔 하실까?"

술까지 내겠다는 그의 말에 삼미정 주인이 손사래를 치며 감격해서 말했다.

"원, 별 말씀을!"
"외상값은 제가 아는 사람에 한해 받아드릴 터이니 가 끔 이곳에 들러주십시오."
"오늘로서 술값은 완전히 잊기로 했으니 그런 걱정은 아예 마십시오. 앞으로 정만 변치 않길 바랍니다."

삼미정 주인이 작별 인사를 하면서 자리에서 일어나자 박인 환도 따라 나갔다. 떠나는 트럭을 보며 그는 손을 흔들었다.

“삼미정도 떠나간다!”

박인환은 곧장 건너편 빈대떡을 파는 경상도집으로 들어갔다.

“한 잔 줘!”
“또 외상술이고?”

경상도 말씨의 여주인이 물었다.

“정으로 갚으면 되지!”
“다짜고짜 정들게 한다니까.”

경상도집 주인은 툴툴거리면서도 술을 내왔다. 그는 단숨에 술 한 잔을 들이켜며 밖으로 나갔다. 박인환은 유두연, 이진섭, 원계홍, 이봉래, 변호진과 어깨를 비벼가며 거리에서 다방으로, 다방에서 술집으로 돌아다녔다. 박인환은 그가 좋아하는 영화 〈제3의 사나이〉에 나오는 대사를 푸념처럼 읊었다.

“결국 인간이 아무리 애써 봤자 해놓은 일이라고는 뼈

꾸기시계를 만들어놓은 것밖에는 없어!"

　시를 소중히 여기고 시에서 위로받던 박인환은 벌거숭이나 다름없었다. 그에게는 신분증도 없었다. 그가 지니고 다니던 것은 이름난 누군가의 명함뿐이었다. 거기에는 도장 자국과 그 옆에 "박인환 시인, 잘 보살펴주시오"라고 쓴 글귀가 있었다. 그것이 그의 명패요, 거리를 누비며 다닐 수 있었던 통행증이었다. 술을 마시다 돈이 떨어지면 저당을 잡힐 수도 있었던 그 명패.

　언젠가 극작가 이진섭, 영화감독 유두연과 함께 종로 거리를 활보하던 그는 취중에 그 소중한 명패를 돌멩이와 함께 싸서 남의 집 유리창에 냅다 던진 적이 있었다. 유리창이 박살나고 화가 난 주인이 나오자 이진섭과 유두연은 혼비백산해 두 손 모아 사과하며 서약서를 썼고, 술 취한 박인환을 겨우겨우 달래서 광화문 집까지 바래다준 적이 있었다. 그러나 그다음 날, 박인환의 두 눈동자가 너무 맑아 누구도 나무랄 수가 없었다.

　어느 날 박인환이 명동의 찻집에서 친우들과 무심히 차를 마시고 있을 때, 미8군 사령관 밴 플리트 장군의 아들인 제임스 중위가 북한 폭격에 참가했다가 행방불명이 되었다는 소식을 들었다. 제임스 중위의 불상사는 커다란 뉴스로 시민들에게 깊은 감명을 주었으며 이승만 대통령도 밴 장군에게 위로의 편지를 보냈다고 했다.

다방에 모여 앉은 사람들은 외신을 통해 보도된 제임스 중위에 대해 이야기를 나누고 있었다.

"제임스 중위는 일부러 공군에 입대한 거래."
"AP통신에서 뉴욕 브루클린에 살고 있는 이혼한 아내가 비보를 전해 들었을 거라고 보도했는데 가슴이 찡하더군."

그들은 한국 고관의 자녀들이 병역의 의무마저 기피하고 있는 상황에 외국 고관의 자제가 남의 나라 전쟁에 참전해 전사하다니 이에 경탄하지 않을 수 없다고 말했다. 이러한 대화 도중, 미 공보원에 있다는 브루노라는 사람이 박인환을 찾아왔다. 그는 박인환에게 곧 60세가 되는 밴 플리트 장군을 위한 헌시 한 편을 부탁한다고 정중히 말했다.

박인환은 뜻밖의 제안에 당황했다. 시인이 대통령이나 국무총리를 위해서 시를 쓰는 시대는 이미 지났다. 그 옛날 18세기에는 궁정시인이나 계관시인이 있었지만 그때는 그런 시대가 아니었다. 누군가 "당신은 시인입니까?"라고 물으면

"그건 다만 내 죄의 일부일 뿐"이라고 대답하던 시절이었다.

박인환은 먼 이국땅에서 아들을 잃은 아버지의 심정을 헤아리며 인간적인 마음으로 브루노의 부탁을 수락했다. 브루노는 박인환을 중국집으로 데리고 가 빈방 하나를 마련해주었다. 자신을 화가라고 밝힌 브루노는 제법 시에 대한 관심이 높았다.

"당신의 시도 E.E 커밍스의 시 같은 느낌이면 좋겠소."

박인환은 그의 제안이 달갑지 않았다. 중국집 방 한구석에서 박인환은 「당신은 지금 얼마나 행복하십니까?」라는 제목으로 80행에 달하는 시를 썼다. 브루노는 "북한 어느 이름 모를 곳에서 제임스 중위가 당신의 오늘을 축하하듯"이란 시 구절을 빼자고 했다. 환갑 축하연에 죽은 아들에 관한 이야기가 나오면 마음이 아프지 않겠느냐는 말에 박인환은 그렇게 하기로 했다.

이 시는 무초 대사를 통해 밴 플리트 장군에게 헌시되었고, 그는 한국의 젊은 시인이 써준 그 시를 몇 번이나 읽었다고 한다. 박인환은 그때의 심정을 이렇게 적었다.

시를 쓰느라고 여러 해 동안 애를 썼고 천성의 비극의
하나로 시에 뜻을 바친 이상 나는 시를 쓰는 데만 성실하
려고 했다. 그러나 살아 있는 그 누구에게 헌시는 해본 적
이 없다. 대수롭지 못한 몇 줄의 글 나부랭이라 할지라도
내 시의 정신을 그리 쉽사리 남에게 바치기는 싫었고 반면
자존심이기도 했다.

- 김광균 외, 『세월이 가면』 중에서

11

아메리카 시초

박인환은 이순용 장관의 주선으로 대한해운공사에 입사하게 되었다. 시를 쓴다거나 영화평론을 하는 일이 이 나라에서는 생활을 꾸려나가는 데 도움이 되지 못했다.

박인환은 가족들의 생계를 해결하기 위해 해운공사의 그늘진 책상을 3개월이나 지켰지만 인사발령은커녕 일거리조차 주지 않았고 그러다 보니 월급도 나오지 않았다. 추운 겨울날 다른 사람들은 땀을 흘리면서 일을 하는데 그는 추위에 떨면서 옛날 신문철이나 뒤적거려야 했다.

박인환은 그때의 심경을 이렇게 기록했다.

사실 그 무렵 나는 무척 우울했다. 우두커니 회사에 나가 어떤 부서에도 소속되어 있지 않는 '책상', 그것도 회사에서 가장 낡은 물품을 앞에 놓고 남들이 일하는 것을 보고 있는 것 외에는 할 일이 없는 일을 근 3개월간 지속해왔다. 이것은 참으로 어리석고 그리고 용이한 일이 아니었다. 하지만 회사에 나가는 길밖에 어찌할 도리가 없다. 몇 줄의 시나 영화평론을 들고 이 신문, 저 잡지사를 돌아다닌댔자 생활을 영위해나갈 수도 없고 더욱이 우리나라에서는 문필을 사회적인 직업으로 알아주지 않았기 때문에 어떤 큰 회사의 사원이라는 것이 도리어 체면을 만든다면 어찌 나로서는 피할 수 있는 일이겠는가.

- 김광균 외, 『세월이 가면』 중에서

월급날 사장이 박인환에게 느닷없이 한 가지 제안을 했다.

"월급 대신 배를 타고 아메리카를 한번 구경을 하지 않겠소? 박 시인은 시를 쓰는 사람이니 여행을 통해 시 세계를 넓혀보는 것도 좋은 경험이 되리라 믿소."

친분이 있던 사장의 뜻밖의 제안에 박인환은 머리가 어찔해졌다. 꿈이라고는 할 수 없으나 일상적인 일은 결코 아니었으며 위태로운 모험이나 다름없었다.

사실 선박회사 직원이 해외에 가는 것은 그다지 어려운 일이 아니었다. 남들처럼 몇 달씩 걸려 여권을 만들 필요 없이 승선 발령서 한 장만 받으면 선원 수속을 해서 그 선박의 직무를 형식적으로 얻을 수 있었다. 그러면 세계 어느 나라나 배가 운항하는 곳이면 마음대로 갈 수가 있었다.

박인환도 그런 절차를 밟아 원외 사무장이란 직함으로 1955년 3월 3일 남해호의 선원이 되었다. 박인환은 여기저기서 빚을 내 몇 푼의 미화를 준비하고 가족들과 작별을 한 뒤 이틀 뒤 부산항을 떠났다.

그리고 4월 10일, 19일간의 아메리카 기행을 마치고 귀국한 박인환은 여행을 소재로 쓴 기행시 「아메리카 시초」를 발표했다. 기행문 「19일간의 아메리카」는 조선일보에 5월 13일과 17일에 나누어 실렸는데, 아메리칸 드림이 유행하던 그 시절에 생생한 미국 기행 이야기에 신문은 날개 돋친 듯 팔려 나갔다.

여기 박인환이 쓴 그 기행문의 일부를 옮겨 싣는다.

19일간의 아메리카 기행

아메리카를 겨우 19일간의 체제로서 워싱턴 주와 오리건 주의 일부의 도시만을 보고 수 매의 글을 쓴다는 것은 나로서는 몹시 위태로운 모험이 아닐 수 없다. 그러나 19일간이나 단 하루일지언정 나에게는 내 스스로의 인상과 감명이 있을 것이며 10년이나 20년을 지나도 진실한 아메리카의 진상을 파악하기 힘이 든다면 차라리 단기간의 견문이 다른 각도의 의의를 갖고 있는 것이 아닌가 생각도 된다.

기적 소리는 언제 들어도 처량했다. 해방 후, 처음으로 고국을 떠나는 나는 기적 소리가 들리자 무한한 정막에 사로잡혔다. 그 전까지는 혼란한 이 나라를 탈출해봤으면 속이 시원해지겠다고 늘 생각했으나 막상 떠나게 되니 서운한 마음이 파도쳐 왔다.

남해호는 우리나라에서 가정 크고 훌륭한 리버티형의 화객선으로 제2차 세계대전 중에 미국에서 건조한 수송선이었다. 남해호는 현해탄을 6시간에 걸쳐 16마일의 속도로 달리고 있었다. 몹시 롤링이 심해 머리가 아팠지만 뱃멀미는 별로 하지 않았다.

저녁 6시경 시모노세키와 모지 간(間)을 지났다. 사방은

칠흑같이 어두웠다. 거대한 남해호는 이 암흑을 조용히 뚫고 나갔다. 멀리 일본의 촌락에서 불이 빛났다. 새벽 5시경, 세토나이카이의 풍물을 접할 수가 있었다. 바다는 아직 잠든 듯이 고요하다. 현해탄의 노기에 비하면 천사의 얼굴이다.

몇 시간이 지나자 배는 육지와 점점 가까워지면서 기항지 고베를 향하고 있었다. 고베가 가까워질수록 공장과 도시의 모습은 웅대하다. 여러 섬과 항구를 향하여 경쾌한 속력으로 떠나고 있는 화물선은 아담하기 짝이 없으며 대강 두 사람씩 탄 2~3톤의 어선들은 전부 합치면 수천 척이 될 것이다. 그들은 데크에 매달린 나에게 손짓을 했다.

오전 11시 부산항을 떠나온 남해호는 23시간 후 고베에 입항했다. 고베의 모든 풍경은 한국과는 딴판이었다. 한국은 해방이 되어 혼란한 몇 년을 보내고 다소 안정되어 생산에 힘쓰며 살아가려고 할 때에 전쟁이 발발하고 국토는 황폐화되고 말았건만 일본은 우리의 전쟁을 발판으로 건설과 재건에 힘을 쏟아 고층건물들이 우뚝우뚝 솟아 있었다.

고베의 메인 스트리트는 대부분 술집이었으며 밤 한두 시까지 영업을 하는 그곳에서는 외국 선원들이 오면 대환영을 받았다. 고베, 오사카, 교토 등지를 전차를 타고 다니면서 4일 동안 일본을 여행했다. 남해호는 9일 밤 고베 항을 떠났다.

132

남해호는 13일간 태평양을 건넜다. 갈매기들이 선창가에 날아왔다. 온몸이 흰 것도 있고, 까만 것도 있고, 몸은 희고 날게는 까만 갈매기들도 있었다.

바람은 차고 구름과 안개에 가려 태양은 보이지 않았다. 데크에 바람이 불어 좁은 실내에서 담배를 피우고 책을 읽었다. 테너시 윌리엄스의 『욕망이라는 이름의 전차』를 3번이나 읽었으며 그밖에 10여 권의 책을 읽었다

남해호 배 안에서 여러 날이 지나자 처음 만난 선원들과 서로 친하게 되었다. 선원 생활 35년 되는 스토커 영감, 20년이 되는 보승, 그 외에 20명이나 되는 고급 선원들과 이야기를 나누게 되었다. 그들의 지나간 시간들에 대한 환희와 비애에 대한 체험의 이야기를 들었다. 그들은 육지의 삶과 격리되어 있었으며 육지를 두려워하고 있었다.

"육지에 나가면 수많은 길이 있는데 그중에서 어느 길로 가야 할지 모르겠어요."

선원들에게는 도저히 육지 사람들이 가지고 있지 않은 좋은 점이 있었다. 그것은 '순진'과 '버릴 수 없는 외로움'이었다. 7시 반에 아침 식사가 끝나면 그들은 각자 맡은 일을

했다. 마치 자기 집의 집안일을 거드는 것처럼 선내의 일을 했다. 선원들은 갈매기들이 머리 위를 오고 가는 것을 보면서 휘파람을 불면서 갈매기들과 이야기를 나누었다.

"마스트 피스 꼭대기에 앉은 갈매기는 마치 자기가 배의 방향을 정하는 줄 알고 있다니까요."

갈매기에게 휘파람을 불던 선원이 말했다. 그들은 가끔 선실로 들어와 옛날이야기를 했다. 그들은 앞날에 대한 이야기를 하지 않고 그저 과거에 살고 있었다. 그들에게는 희망보다도 회고가 앞섰다.

남해호의 선원들은 해양대학을 나온 26~27세의 젊은 사람들로 아직 인간적으로는 미숙한 점이 많으나 순수했다. 기술적으로 뒤지지 않기 위해 항해에 대한 책을 읽고 컴퍼스와 해도를 가지고 한국인의 손으로 태평양을 용이하게 항해하고 있었다.

갈매기와 하나의 물체
'고독'
연월(年月)도 없고 태양은 차갑다.

나는 아무 욕망도 갖지 않겠다.

더욱이 낭만과 정서는

저기 부서지는 거품 속에 있어라.

죽어간 자의 표정처럼

무겁고 침울한 파도 그것이 노할 때

나는 살아 있는 자라고 외칠 수 없었다.

거저 외지의 믿음만을 위하여

심유(深幽)한 바다 위를 흘러가는 것이다.

태평양에 안개가 끼고 비가 내릴 때

검은 날개에 검은 입술을 가진

갈매기들이 나의 가까운 시야에서 나를 조롱한다.

'환상'

나는 남아 있는 것과

잃어버린 것과의 비례를 모른다.

옛날 불안을 이야기했었을 때

이 바다에선 포함이 가라앉고

수십만의 인간이 죽었다.

어둠침침한 조용한 바다에서 모든 것은 잠이 들었다.

그렇다, 나는 지금 무엇을 의식하고 있는가?

단지 살아 있다는 것만으로서.

바람이 분다.

마음대로 불어라. 나는 데크에 매달려

기념이라고 담배를 피운다.

무한한 고독, 저 연기는 어디로 가나.

밤이여. 무한한 하늘과 물과 그 사이에

나를 잠들게 해라.

- 「태평양에서」

남해호가 180도선(일부 변경선)을 지나 아메리카 대륙에 가까워지자 바다는 잔잔해지고 17~18마일로 달리고 있었다. 샌프란시스코와 캐나다 방송이 보내는 경쾌한 재즈 뮤직이 스피커를 통해 배 안에 퍼졌다. 배의 입항을 앞두고 청소 작업이 끝나고 선원들은 머리를 깎고 깨끗이 면도를 하면서 휘파람을 불었다. 그저 푸른 파도와 푸른 하늘과 그 외엔 아무것도 없는 태평양을 건너온 세계의 한촌 한국 사람은 과연 무엇이 기다리고 있을 것이며 무엇을 보아야 할 것인가.

21일 밤, 10시 5분 정각에 케이프 플래터리의 등대가 보였다. 이것이 처음 본 아메리카의 불빛이다. 배는 캐나다 밴쿠버 섬과 아메리카 워싱턴 주 사이의 해협을 달리고 있다. 나는 여러 선원들과 함께 데크에 나와 담배를 피웠다.

22일 아침, 하늘이 맑게 개고 남해호는 조용한 바다와 수목이 우거진 산과 그림처럼 아름다운 집들이 보이는 좁은 해협을 지난 후, 아메리카 최초의 항구 올림피아에 입항하였다. 인구 3만가량의 작고 깨끗한 도시는 워싱턴의 주도이며 그 청사는 우리나라 중앙청처럼 돔형이었다.

세관에서 배에 올라와 마약이나 귀금속을 숨기지 않았나 까다로운 수색을 했다. 중국 배에서는 간혹 그러한 물품이 발견된 적도 있는 모양이지만 한국 선원들이 마약을 밀수한다는 것은 상상할 수 없는 일이다. 그만큼 선량한 사람들인 것이다.

상륙 허가증이 하부되었다. 그것을 가지고 있으면 남해호가 미국에 있는 동안에는 어디든지 갈 수 있으며 어떠한 곳도 들어갈 수 있었다. 그 후에 안 일이지만 사실 미국에서 어떠한 사람도 우리의 허가증을 보자는 사람도 없었고 제복을 입은 경찰관은 시애틀에서 교통정리를 하는 몇 사람 외에는 본 일이 없다.

나는 나도 모르는 사이에 먼 나라로

여행의 길을 떠났다.

수중엔 돈도 없이

집엔 쌀도 없는 시인이

누구의 속임인가

나의 환상인가

거저 배를 타고

많은 인간이 죽은 바다를 건너

낯설은 나라를 돌아다니게 되었다.

비가 내리는 주립공원을 바라보면서

200년 전

이 다리 아래를 흘러간 사람의 이름을

수첩에 적는다.

캡틴 XX

그 사람과 나는 관련이 없건만

우연히 온 사람과 죽은 사람은

저기 푸르게 잠든 호수와 수심을

잊을 수 없는 것일까.

거룩한 자유의 이름으로 알려진 토지
무성한 삼림이 있고
비렴계관(飛廉桂館)과 같은 집이
연이어 있는 아메리카의 도시
시애틀의 네온이 붉은 거리를
실신한 나는 간다
아니 나는 더욱 선명한 정신으로
태번에 들어가 향수를 본다.

이지러진 화상
불멸의 고독
구두에 남은 한국의 진흙과
상표도 없는 '공작(孔雀)'의 연기
그것은 나의 자랑이다
나의 외로움이다.

또 밤거리
거리의 음료수를 마시는

포틀랜드의 이방인

저기

가는 사람은 나를 무엇으로 보고 있는가.

- 「여행」

아메리카에 도착하자마자 놀란 것은 시애틀을 지나 타코마에서 워싱턴 주의 주도인 올림피아 항에 이르는 해상에 수백 척씩 계선해 놓은 천여 척의 리버티형의 수송선이다.

리버티형의 남해호는 현재 한국 해운계의 자랑거리건만 우리의 빈약성은 고사하고 아메리카가 가진 놀라운 힘에 경탄할 수밖에 없었다. 다른 사람의 말에 의하면 허드슨강에도 천여 척이 계선되어 농작물의 크레인 창고로 선창을 사용하고 있다는 것이었다. 우리나라는 본래 삼면이 바다인 해상의 나라로 이순신 장군처럼 거북선을 만들어 전쟁에 이용하는 창조성을 보이지 않았던가.

아메리카는 야욕에 불탄 이단자의 나라다. 구라파가 잠자고 그들이 발전의 꿈을 버리고 해가 지는 나라로 돌아섰을 때 아메리카 사람들은 그곳을 벗어나 해가 뜨는 곳으로 이주해 새로운 나라를 만들었으며 그들은 꺾지 못할 청춘의 힘을 그대로 지니고 있었다. 결국 서구를 노년기로 본다면 아메리카는 청년기이며 청년이 가지는 자랑스러운 힘을 과시하고 있었다.

아메리카 도시의 성격이나 구조는 인구의 비례에 따라 참으로 균형되어 있다. 터코마는 시애틀의 축소판이며 건물의 높이가 인구를 말해주고 있었다.

우선 놀라운 것은 산이 푸르렀다. 우리나라처럼 붉은 산만 보던 나로서는 무서울 정도로 산의 수목들이 무성한 데 감탄하지 않을 수 없었다. 헴록(Hemlock), 유(Yew)의 이름으로 알려지고 있는 북서부의 수목들은 거대한 아메리카의 자원임에 틀림없었다. 우리들이 남해호에 싣고 온 것도 결국 재목이었다는 뜻에서가 아니라 가는 곳마다 삼림의 바다였다.

아나코테스에서 약 10여 마일 떨어진 워싱턴주립공원의 삼림의 아름답고 우아한 모습은 참으로 잊을 수 없었다. 여기서 생각되는 것은 오늘의 아메리카의 원동력은 삼림에 있지 않는가 느껴진다. 창해와 같은 삼림은 아메리카의 웅대성을 말하는 동시에 그 민족성을 나타내고 있다.

4월 10일의 부활제를 위하여
포도주 한 병을 산 흑인과

빌딩의 숲속을 지나
에이브러햄 링컨의 이야기를 하며
영화관의 스틸 광고를 본다.
…… 카르멘 존스……

미스터 몬은 트럭을 몰고
그의 아내는 쿡과 입을 맞추고
나는 지 회사의 텔레비전을 본다.

한국에서 전사한 중위의 어머니는
이제 처음 보는 한국 사람이라고 내 손을 잡고
시애틀 시가를 구경시킨다.

많은 사람이 살고
많은 사람이 울어야 하는
아메리카의 하늘에 흰 구름.
그것은 무엇을 의미하는가.

나는 들었다 나는 보았다
모든 비애와 환희를.

아메리카는 휘트먼의 나라로 알았건만

쓴 눈물을 흘리며

브라보…… 코리안 하고

흑인은 술을 마신다.

- 「어느 날」

"내가 사랑하는 풀이 되고자 나를 낮추어 흙으로 갑니다. 나를 다시 원한다면 당신의 구두 밑창 아래서 나를 찾으십시오." 이별을 고하면서 쓴 휘트먼의 시가 인상 깊게 남아 있다.

여러 도시에서 많은 사람을 만났다. 그리 저명한 상류층의 사람이 아니라 노동자, 식당 주인, 서점의 주인, 자동차 회사의 세일즈맨, 도서관장, 오일회사의 사무원 등 아메리카의 사회를 구성하고 있는 중추층의 사람들이다. 그들은 모두 선량하며 양심적이며 친절하기 짝이 없다.

아메리카인들은 독서를 하는 것 같지가 않다. 신문을 사도 겨우 1면(정치, 해외, 외교, 그밖에 오스카상 수여식 같은 톱뉴스가 게재된다)을 훑어보고 대부분은 광고란에 관심이 많다. 다시 말하자면 그들은 새로운 지식이나 문학 또는 철

143

학에 정신을 돌리지 않아도 인생을 즐겁게 보낼 수 있는 시대에 살고 있는 것이다. 우리나라같이 일상생활이 빈곤하고 늘 마음에 불안이 도사리고 있는 곳에서는 국민이 신문을 열심히 읽는다든가 책을 보면서 새로운 지식과 정보를 얻는 것이 다시없는 즐거움이 되는데, 그들은 아침에 일어나면 좋은 음식으로 식사를 하고 각자의 자동차로 직장에 나가 즐겁게 일하고 하루 일이 끝나면 친구들이나 가족들과 춤을 추거나 영화관에서 시간을 보낸다.

나는 그들이 정신적인 연령이 어리다고는 할 수 없으나 우리 한국의 어떤 일부의 대표적인 사람과 그곳 일부의 동일한 자격의 인간을 비교한다면 오히려 우리들이 정신적으로 높은 위치에 있지 않은가 생각한다. 물론 아메리카 전반의 문화 수준은 우리와 비할 수 없으나, 그러나 우리들이 조금도 정신적으로 뒤떨어져 있다고는 믿고 싶지가 않다. 그들이 노래하고 춤추고 드라이브를 하는 동안 우리들이 열심히 지식을 흡수한다면 아메리카 문화와 다른 새로운 문화가 생기고 우리나라의 사회와 가정의 생활이 높아질 것이다.

아나코테스에서 만난 화란계의 M씨는 우정 가게 문을 닫고 워싱턴 주의 주립공원으로 직접 안내하는 친절을 보였다. 이해관계를 떠나 낯선 여행자에게 친절을 베푼다는 것은 따뜻한 인간애로 사람의 마음을 훈훈하게 해주었다.

다리 위의 사람은

애증과 부채를 자기 나라에 남기고

암벽에 부딪치는 파도 소리에 놀라

바늘과 같은 손가락은

난간을 쥐었다.

차디찬 철의 고체(固體)

쓰디쓴 눈물을 마시며

혼란된 의식에 가라앉아 버리는

다리 위의 사람은

긴 항로 끝에 이르른 정막한 토지에서

신의 이름을 부른다.

그가 살아오는 동안

풍파와 고절은 그칠 줄 몰랐고

오랜 세월을 두고

DECEPTION PASS에도

비와 눈이 내렸다.

또다시 헤어질 숙명이기에

만나야만 되는 것과 같이

지금 다리 위의 사람은

로사리오 해협에서 불어오는

처량한 바람을 잊으려고 한다.

잊으려고 할 때 두 눈을 가로막는

새로운 불안

화끈거리는 머리

절벽 밑으로 그의 의식은 떨어진다.

태양이 레몬과 같이 물결에 흔들거리고

주립공원 하늘에는

에메랄드처럼 반짝거리는 기계가 간다.

변함없이 다리 아래 물이 흐른다

절망된 사람의 피와도 같이

파란 물이 흐른다

다리 위의 사람은

흔들리는 발걸음을 걷잡을 수가 없었다

- 「다리 위의 사람」

　자동차 회사의 세일즈맨인 미스터 몬은 그의 딸 돈나 켐벨을 소개시켜주었다. 미스터 몬이 초대해 자주 그의 집을 방문하게 되었고 돈나는 귀여운 칼리지 걸이다. 우리는 호숫가를 산보하고 살롱에서 음악도 듣고 리처드 라이트의 소설 이야기도 했다. 나는 그녀와 친해졌다는 생각이 들어 함께 영화 구경을 가자고 했더니 먼저 혼자 가서 기다리라는 것이다. 돈나가 말했다.

“당신은 내일이면 떠날 사람이고 나는 이 거리에 오래 살 사람이니까 함께 다니는 것을 사람들에게 보이고 싶지 않답니다.”

분란인(芬蘭人) 미스터 몬은
자동차를 타고 나를 데리러 왔다.
에버렛의 일요일
와이셔츠도 없이 나는 한국 노래를 했다.
거저 쓸쓸하게 가냘프게
노래를 부르면 된다
…… 파파 러브스 맘보……
춤을 추는 돈나

개와 함께 어울려 호숫가를 걷는다.

텔레비전도 처음 보고
칼로리가 없는 맥주도 처음 마시는
마음만의 신사
즐거운 일인지 또는 슬픈 일인지
여기서 말해주는 사람은 없다.

석양.
낭만을 연상케 하는 시간.
미칠 듯이 고향 생각이 난다.

그래서 몬과 나는
이야기할 것이 없었다 이젠
헤어져야 된다.

- 「에버렛의 일요일」

당신은 일본인이시오?
차이니즈? 하고 물을 때

나는 불쾌하게 웃었다.

거품이 많은 술을 마시면서

나도 물었다

당신은 아메리카 시민입니까?

나는 거짓말 같은 낡아빠진 역사와

우리 민족과 말이 단일하다는 것을

자랑스럽게 말했다.

황혼.

태번 구석에서

흑인은 구두를 닦고

거리의 소년이 담배를 피우고 있다.

여우(女優) 가르보의 전기책(傳記冊)이 놓여 있고

그 옆에는 디텍티브 스토리가 쌓여 있는

서점의 쇼윈도

손님이 많은 가게 안을 나는 들어가지 않았다.

비가 내린다.

내 모자 위에 중량이 없는 억압이 있다.

그래서 뒷길을 걸으며

서울로 빨리 가고 싶다고
센티멘털한 소리를 한다.

- 「어느 날의 시가 되지 않는 시」

오리건 주 최대의 도시 포틀랜드는 태평양에서 콜롬비아 강을 따라 150마일을 올라가야 했다. 태평양 연안에서는 굴지의 도시로 알려진 포틀랜드는 농업과 상업의 도시로 춘하추동 날씨가 청명하고 교통도 발달된 인구 50만의 조용한 거리의 도시였다.

어느 식당에 들어가서 점심을 먹는데 25~26세쯤 되어 보이는 동양 여성이 들어왔다. 나의 눈은 그 여성에게 쏠리고 그 여성도 역시 나를 쳐다보았다. 직감적으로 나는 한국인이 아니면 일본인이라는 것을 알고 먼저 말을 걸었다. 그녀는 한국인으로 한국과 이승만 박사에 대한 이야기를 했다. 그녀는 한국인 2세로 한국을 가본 적은 없어도 막연히 조국을 그리워하는 메이 박이라는 여성이었다.

그녀의 자동차 1953년형의 시보레를 타고 45마일 속도로 포틀랜드를 빠져나왔다. 자동차 핸들을 잡은 그녀의 얼굴은 미소로 가득 찼고 휘파람을 불면서 가끔 나를 쳐다보았다. 그래서 나도 웃음을 지을 수밖에 없었다.

4월 5일, 포틀랜드의 하늘은 구름 한 점 없이 곱게 개고 수목과 정원의 잔디는 눈부실 듯이 푸르렀다. 포틀랜드에서 20마일 정도 떨어진 곳에 있는 그레섬이라는 곳의 한 극장에서는 한국전쟁을 주제로 한 파라마운트사의 영화 〈고도리의 다리〉가 상영되고 있었다.

메이 박은 어제 온 가족이 영화를 관람하고 집에 돌아와 한국 레코드를 틀었다고 했다. 오리엔탈 부락이라고 불리는 마을에는 세 세대의 한국인들이 살고 있었다. 마운틴 후드라는 유명한 산 밑에 자리 잡고 있는 그곳에서 그들은 스트로베리 농장을 경영하고 있었다. 그전까지는 백인의 소작인 노릇을 했으나 이젠 그들의 것이라고 했다.

여기서 놀란 것은 가장 한국적 현상인 분열 상태가 그대로 남아 있는 것이다. 이들 세 세대는 이웃에 살면서도 서로 반목하고 만나지 않고 있으며 내가 이 집에 들렀다 다른 집으로 가보는 것조차 싫어하고 있었다. 그 원인인즉 국민회, 동지회, 흥사단의 세 갈래로 독립운동의 단체가 다르다는 것이었다. 적이 서러운 일이었다.

나는 그중 30여 년 전에 도미해 3년 전에 작고했다는 박용현 씨의 미망인이 사는 집에서 저녁 식사를 했다. 벽에는 이 대통령의 사진과 독립운동에 원조를 한 것에 감사한다는 우리 정부의 감사장이 걸려 있었다.

식사 중에 메이 박이 말했다.

"아버지는 한국 땅에 돌아가서 죽겠다고 하셨고 어머니는 언제나 우리들이 한국에 갈 수 있느냐고 하지만 우리는 그 이유를 모르겠어요."

식사가 끝나자 미망인은 오래된 우리나라 레코드를 틀면서 고국 생각에 눈물을 지었다. 박용현 씨 부처는 독립운동을 하다가 일본 사람들에게 쫓겨 망명의 길로 미국을 택해 몬태나 주의 농장에서 19년 동안 갖은 고초를 겪고 13년 전 오리건 주로 이주했다고 했다.

박용현 씨는 한시도 조국을 잊은 적이 없으며 동지회 회원으로 어려운 중에도 푼푼이 돈을 모아 혁명운동에 보냈다고 했다.

"혹시 장석윤 씨를 아시나요?"

미망인이 물었다.

“네, 그분은 내무부장관을 지낸 후 지금은 국회의원입니다.”

“그분은 몬태나에 함께 살았고 애들 아버지와 동지회의 절친한 친구랍니다. 태평양전쟁이 일어나자 미군 지원병으로 떠났지요. 그 이후에는 소식을 몰랐는데 한국에 돌아가면 그분을 만나 남편이 작고한 사실을 알려주시면 고맙겠습니다.”

날이 어두워지자 메이 박을 남동생과 함께 포틀랜드로 데려다주었다. 두 사람을 데리고 카페에 들어가 그들에게는 맥주를 사주고 나는 위스키를 시켰다.

나는 미국에 가면 좋은 술을 싸게 먹을 줄 알았으나 한국에 비해 2~3배는 비싼 값이었다. 하지만 술집의 구조나 분위기가 참으로 좋았으니 그게 값이다.

모습은 한국 여성이나 아메리카 여성들처럼 담배를 피우는 메이는 5센트짜리를 뮤직박스에 넣고 「파파 러브스 맘보」라는 음악을 들었다.

“한번 코리아에 오시오.”

메이에게 말했다.

"글쎄요, 돈 많은 사람하고 결혼하기에는 힘들어요."

"그전에라도 한번 오시지, 좋은 곳입니다."

"여비만 해도 몇 천 달러가 들 텐데 어떻게요?"

나는 더 이상 할 말이 없어서 그곳을 일어나야만 했다.

대낮보다도 눈부신

포틀랜드의 밤거리에

단조로운 글렌 밀러의 랩소디가 들린다.

쇼윈도에서 울고 있는 마네킹.

앞으로 남지 않은 나의 잠시를 위하여

기념이라고 진피스를 마시면

녹슬은 가슴과 뇌수에 차디찬 비가 내린다.

나는 돌아가도 친구들에게 얘기할 것이 없고나

유리로 만든 인간의 묘지와

벽돌과 콘크리트 속에 있던

도시의 계곡에서

흐느껴 울었다는 것 외에는…….

천사처럼

나를 매혹시키는 허영의 네온.

너에게는 안구(眼球)가 없고 정서가 없다.

여기선 인간이 생명을 노래하지 않고

침울한 상념만이 나를 구한다.

바람에 날려 온 먼지와 같이

이 이국의 땅에선 나는 하나의 미생물이다.

아니 나는 바람에 날려 와

새벽 한 시 기묘한 의식(意識)으로

그래도 좋았던

부식된 과거로

돌아가는 것이다.

-「새벽 한 시의 시」

만나는 사람마다 한국과 미국 사람은 '주검의 친구'라고
까지 해서 나는 참으로 감격하고 말았다. 더욱이 내가 간
워싱턴과 오리건 주는 태평양 연안인 관계인지 몰라도 거

155

의 대부분의 청년이 한국전쟁에 참전했었다.

트럭 운전수가 된 R이라는 청년은 서울에서 온 나를 만난 것이 반갑다고 하면서 함께 술을 나누었다. 그리고 돌아가면 YEONGDEUNGPO(영등포)에 사는 어떤 여인을 찾아가 지금도 사랑하고 있다고 전해달라는 것이다. 그는 한국에서 다시 전쟁이 일어난다면 다시 참전해 그 여인을 만날 수 있을 텐데 하면서 그러나 전쟁은 싫다고 했다.

아메리카는 근래 수년간 몹시 물가가 올랐다고 했다. 그 원인은 한국전쟁으로 TAX(세금)가 많아진 까닭이라고 했다. 거기에 전쟁에 나간 청년들은 돌아오지 않았다. 그들 청년의 가족 친지들은 거의가 다 이곳 주민들이다. 다시는 전쟁이 없기를 바라는 사람들이 나와 만난 사람들의 전부라고 해도 거짓말이 아니다.

그러나 미국 사람들이 가장 좋아하는 동양인은 한국 사람이다. 일본 사람들한테는 아직도 2차 세계대전 때의 적개심을 갖고 있으며 심지어 포틀랜드의 어떤 고물상에서는 일본 선원에게 출입을 금지시키고 있는 곳이 있다. 우리들도 간혹 일본인인 줄 알고 멸시에 가까운 시선을 받은 적이 있었다.

중국인들은 미국 사람들의 관념으로는 전부 공산주의자

가 된 것처럼 생각하고 있다. 일본인에 대한 감정은 전쟁
이 끝난 지 10년이 지난 오늘날에도 의연히 나쁘다는 것
은 일본인 전체가 그리 좋은 민족성을 가지고 있지 않다는
데 기인될 것이다.

12

처음이자 마지막 시집, 『선시집』

박인환은 미국에서 돌아오면서 가족들을 위해 선물을 준비했다. 아내에게는 눈처럼 하얀 스프링코트와 코티 분, 아들인 세형과 세곤에게는 레일 위를 움직이는 장난감 기차, 딸 세화에게는 머리핀과 브로치, 그리고 1년 후인 결혼 10주기 때 초대장을 만드는 데 쓰려고 꽃무늬 봉투를 한 아름 사 왔다. 그리고 자신을 위한 선물로 바람에 날아갈 듯한 근사한 모자도 하나 사 왔다. 그는 명동에 나갈 때마다 그 멋진 모자를 쓰고 다녔다.

"꿈이 있는 사람은 모자를 쓰는 거란다."

외출할 때 모자를 쓰면서 그가 아이들에게 말했다. 아이들은 마치 토끼나 비둘기가 튀어나오는 마술 모자라도 되는 듯이 아버지의 모자를 신기하게 바라보았다. 박인환은 우울한 기분으로 외출했다가도 모자를 쓰고 나가면 유쾌한 기분이 되어 돌아왔다. 그러고는 선한 눈망울의 아이들에게 착한 일 한 가지씩을 마치 자신이 한 행동처럼 이야기해주곤 했다. 마술 모자 속에 이야기를 담아오는 것만 같았다.

"날마다 착한 일을 하면 우리가 사는 세상은 착한 세상이 되는 거란다."

그는 막내아들 세곤에게 모자를 씌워주면서 목말을 태우고 마치 그 착한 세상을 보여주듯이 창밖의 하늘을 보여주었다. 세곤은 아버지의 어깨 위에 앉아 창밖으로 내다보이는 세상이 신기하기만 했다. 박인환은 막내아들을 보면 어쩐지 안쓰러운 느낌이 들어 오래도록 목말을 태워주고 싶어졌다.

그가 모자를 벗어 벽에 걸어놓으면 아이들은 기다렸다는 듯이 아버지의 모자를 한 번씩 써보았다. 어떤 때는 모자 한 귀퉁이에서 담배 은종이로 접은 비행기나 배를 발견하기도 했다. 은종이를 펴보면 깨알 같은 글씨로 시가 적혀 있었다.

한글을 익힌 세형은 동생들에게 아버지의 시를 더듬더듬 읽어주었다. 세형과 세곤은 아버지의 시가 적힌 비행기나 배를 갖고 놀았다. 그 비행기를 타고 하늘을 날아 아버지가 말해준 프랑스 파리에도 가보고 배를 타고 타이티 섬에 가 닿기도 했다.

1955년 여름, 박인환은 해운공사를 그만두고 세상에 처음 내놓을 시집을 내기 위한 준비에 힘을 쏟았다. 그동안 쓴 시와 「아메리카 시초」를 포함해서 『선시집』이라는 시집을 엮어냈다. '선시집'은 그가 평소 좋아하던 스티븐 스펜더의 시집 제목이기도 했다.

박인환은 책의 서두에 "아내 이정숙에게 바친다"라는 헌사를 붙이고 후기에 다음과 같이 적었다.

나는 10여 년 동안 시를 써왔다. 이 세대는 세계사가 그러한 것과 같이 참으로 기묘한 불안한 연대였다. 그것은 내가 이 세상에 태어나고 성장해온 그 어떠한 시대보다 혼란하였으며 정신적으로 고통을 준 것이었다.

시를 쓴다는 것은 내가 사회를 살아가는 데 있어서 가장 의지할 수 있는 마지막 것이었다. 나는 지도자도 아니며 정치가도 아닌 것을 잘 알면서 사회와 싸웠다.

160

신조치고 동요되지 아니한 것이 없고 공인되어온 교리치고 마침내 결함을 노정하지 아니한 것이 없고 또 용인된 전통치고 위태에 임하지 아니한 것이 없는 것처럼 나의 시의 모든 작용도 이 10년 동안에 여러 가지로 변하였으나 본질적인 시에 대한 정조와 신념만을 무척 지켜온 것으로 생각한다. (……)

여하튼 나는 우리가 걸어온 길과 갈 길, 그리고 우리들 자신의 분열한 정신을 우리가 사는 현실 사회에서 어떻게 나타내 보이며 순수한 본능과 체험을 통해 본 불안과 희망의 두 세계에서 어떠한 것을 써야 하는가를 항상 생각하면서 여기에 실은 작품들을 발표했었다.

끝으로 뜻 깊은 조국의 해방을 10주년째 맞이하는 가을날, 부완혁 선생과 이형우 씨의 힘으로 나의 최초의 선시집을 감행하게 된 것을 감사하는 바이다.

1955년 9월 30일 저자

장만영의 산호장에서 『선시집』 출판을 맡았는데, 책을 다 찾기도 전에 제본소에 불이 나는 바람에 불행히도 남아 있던 책들이 모두 불타 버려 그의 시집은 몇 권밖에 남지 않

161

아 더욱 귀한 책이 되고 말았다.

1956년 1월, 청년실업가 김동근이 예술인들을 위해 건립한 동방문화회관에서 출판기념회가 열렸다. 동방문화회관 1층에는 예술인들의 대합실 역할을 했던 다방(살롱)이 있었고, 2층은 집필실, 3층은 회의실이었다. 박인환의 출판기념회는 그를 알고 있는 모든 문인들의 축제나 다름없었다.

문학평론가 백철이 축사를 하고 배우 노경희가 시 낭송을 했으며, 테너 임만섭이 노래를 했고 화가 김훈이 상송을 불렀다. 박인환은 조니워커를 동방문화회관 구석구석에 성수처럼 뿌리며 자축했다. 장만영, 김광주, 김광, 김경린, 김규동, 조병화, 김차영 이봉구, 이봉래, 김종문 등 문인들과 화가, 연극, 영화인 등 다양한 예술인들이 출판기념회에 참석했다.

박인환은 10월 9일, 《시작》지에서 주최한 제1회 시 낭독회에 「목마와 숙녀」를 들고 참석했다.

한 잔의 술을 마시고
우리는 버지니아 울프의 생애와
목마를 타고 떠난 숙녀의 옷자락을 이야기한다
목마는 주인을 버리고 거저 방울소리만 울리며
가을 속으로 떠났다 술병에서 별이 떨어진다

상심한 별은 내 가슴에 가벼웁게 부서진다

- 박인환, 「목마와 숙녀」 부분

　한 해를 보내는 12월의 마지막 날, 예술인들은 동방살롱에서 망년회를 보내기 위해 다양한 가면을 쓰고 가장무도회를 열었다. 화가, 음악가, 무용가, 연극 영화인 들이 저마다 가면을 쓰고 나타나 광란의 밤을 보냈다.

　"아, 우리들의 동방살롱이여! 세월은 가도 사랑은 남는 것! 이 해가 가는 마지막 밤, 우리의 마음을 들어 축배를 들자!"

　박인환은 시인 구상의 소개로 그와 절친했던 화가 이중섭과 함께 술자리를 한 적이 있었다. 이중섭은 술자리에서 담배 은종이에 일본으로 떠나보낸 그리운 아이들의 얼굴을 그렸다. 종이가 귀하던 당시 이중섭은 친구들이 모아준 담배 은종이에 그림을 그렸고, 박인환은 자신이 피운 담배 은종이에 시를 썼다.

　이중섭은 "그림은 그리움의 준말"이라고 했다. 일본에 두고 온 아내와 아이들을 향한 그리움이 그에게 그림을 그리게 하는 힘이었다. 그는 주로 소를 자화상처럼 그렸는데 소머리 국밥집에 자신이 그린 그림이 걸려 있는 것을 보고 동네 아이들이 자신이 그려준 그림으로 딱지치기를 할 때처럼 마음이 서글퍼졌다고 하면서, 그가 쓴 유일한 시의 한 소절을 들려주었다.

    높고 뚜렷하고 참된 숨결

    나려나려 이제 여기에 고웁게 나려

    두북두북 쌓이고 철철 넘치소서

    삶은 외롭고 서글프고 그리운 것

                            - 이중섭, 「소의 말」

    가면무도회에서 이중섭은 소의 탈을 쓰고 박인환은 자신의 시 「불행한 샹송」에 나오는 아를캥(Arlequin: 중세 이탈리아 희극에 등장하는 광대)의 가면을 썼다(두 사람은 공교롭게도 1956년 같은 해에 죽음을 맞이한 저승 친구가 되었다).

13

세월이 가면

1956년 새해가 밝았지만 박인환의 마음은 찬란한 아침 햇살처럼 눈부시지 못했다. 직장을 잃은 한 집안의 가장으로서 그는 그리스 신화 속의 시시포스(제우스를 속인 죄로 지옥에 떨어져 바위를 산 위로 밀어 올리는 벌을 받았다)처럼 어깨가 무거웠다. 더구나 미국을 다녀온 후에는 갚을 길 없는 빚에 대한 부담감이 그의 가슴을 더욱 시리게 했다.

아내에게 미안하고 장인을 볼 낯이 없어 그는 집을 나서 자주 명동으로 나갔다. 그곳에 가면 그를 환영해주는 친우들이 있었고 냉혹한 현실을 잊게 하는 술을 마실 수 있었다.

그들은 시인 오상순의 단골집으로 안주로 아지(전갱이)가

나와 '아지트'라고도 불렸던 무궁원과 빈대떡으로 유명한 경상도집에 자주 갔다.

1956년 이른 봄, 동방살롱에서 만난 박인환과 극작가 이진섭, 소설가 송지영은 헤어지기 섭섭해 길 건너 경상도집에 가서 한잔하기로 했다. 박인환이 술을 시키자 여주인이 경상도 말씨로 말했다.

"또 외상이고?"

너무 바빠서 버선 신을 새도 없이 늘 맨발인 여주인에게 그는 '맨발의 백작부인'이란 칭호를 붙여주었다.

"꽃 피기 전에 갚을게."
"꽃 피기 전에 죽으면 어쩌려고?"
"〈맨발의 백작부인〉이란 영화 못 봤겠지? 내가 시켜줄게."
"무슨 돈이 있다고?"
"거저."
"거기도 외상인고?"

그러면서도 여주인은 그들 앞에 술을 가져다주었다.

"내 힘들다. 한강물 길어다가 술장사 하는 것도 아닌데 날마다 외상술이니 죽겠고마."

"그러면 '내 힘들다'를 거꾸로 해봐."

그 말을 거꾸로 하니 '다들 힘내'가 되었다. 그녀는 미소를 지으며 그들 앞에 안주도 가져다 놓았다.

"우리나라에는 멋들어진 샹송이 없단 말이야. 이브 몽탕이 부르던 고엽 같은 노래가 없을까?"

이른 봄이었지만 겨울 외투를 입은 박인환이 담배를 피워 물면서 말했다.

"그렇게 멋진 노래가 있다면 저도 부르고 싶습니다."

그 자리에 동석한 테너 임만섭이 말했다. 박인환은 담뱃갑 뒤에 즉흥적으로 시를 쓰기 시작했다.

지금 그 사람 이름은 잊었지만
그 눈동자 입술은

내 가슴에 있어

바람이 불고
비가 올 때도
나는 저 유리창 밖
가로등 그늘의 밤을 잊지 못하지

- 박인환, 「세월이 가면」 부분

이진섭이 그 자리에서 곡을 붙이고 임만섭이 노래를 불렀다. 임만섭의 목소리가 명동 뒷골목에 울려 퍼지자 지나가던 사람들이 발걸음을 멈추고 경상도집 문 앞을 기웃거렸다.

이 노래는 '명동 엘레지'로 불리면서 명동에 퍼져나갔다. 진흙 속에서 연꽃이 피듯 싸구려 선술집에서 아름다운 노래가 탄생된 것이었다.

이진섭은 자신의 누나가 경영하는 주점인 휘가로에 박인환을 데리고 가 그가 좋아하는 조니워커를 품속에 넣어주곤 했다. 이진섭의 딸이 첫돌을 맞았을 때 박인환은 겨울 외투를 전당포에 맡기고 돌 반지를 사다 주었다. 명동은 그토록 정으로 통하는 예술인들의 거리였다. 그 가운데 박인환이 있었고 명동은 그의 시와 담배 연기와 노래로 넘쳐나는 곳이었다.

박인환의 첫째 아들 세형은 아버지의 책상 위에서 시와 숫자가 적힌 하얀 도화지를 보았다.

"세형아, 이 시는 노래란다. 아버지의 시에 아버지 친구가 곡을 붙인 거지. 아버지가 한번 불러볼 테니 들어보렴."

숫자는 음표 대신 쓴 것이었다. 말하자면 도는 1, 레는 2, 미는 3, 파는 4……. 박인환은 숫자로 쓴 악보를 보면서 아내와 아이들 앞에서 「세월이 가면」을 노래했다.

주머니 속의 마지막 시

1937년 3월 17일 동경제국대학 부속병원에서 29세의 나이로 쓸쓸하게 죽어간 시인 이상을 기리기 위해 박인환은 몇몇 문우들과 왕관이란 술집에 모여 '이상 추모의 밤'을 열었다. 소설가 이봉구, 극작가 이진섭, 소설가 송지영, 각본가 황영빈, 화가 천경자, 배우 이순재 등이 모였다.

1956년 3월 17일, 이상이 숨을 거둔 지 19년 지난 바로 그날 그들은 이상을 위해 술잔을 높이 들었다. 첫 잔은 이상을 위해, 두 번째 잔은 이상의 연인이었던 마유미를 위해, 그리고 셋 번째 잔은 명동과 고독과 상송을 위해 마셨다. 박인환은 이상의 「오감도」 중 한 부분을 띄어쓰기를 무시한 그 시구처럼 단숨에 읊으면서 술잔을 높이 들었다.

　　내왼편가슴심장의위치를방탄금속으로엄폐하고나는거울속
의내왼편가슴을겨누어권총을발사하였다

어느새 모인 이들은 「세월이 가면」을 합창했다

　지금 그 사람 이름은 잊었지만
　그 눈동자 입술은 내 가슴에 있어

이 노래는 전쟁 중에 사랑하는 사람이나 가족을 잃은 사
람들의 심금을 울리며 입에서 입으로 전해지고 있었다. "캄
캄한 공기를 마시면 폐에 해로울 뿐, 폐벽에 끌음이 앉는
다." 박인환이 담배 연기를 내뿜으며 이상의 시 한 구절을
읊으면서 말했다.

"마유미가 아직도 살아 있을까? 일본에 들르게 되면 바
를 돌아다니면서 마유미를 찾아야지!"
"얼굴도 모르면서!"

옆에 있던 이봉구가 미소를 지으며 응수했다.

"멋진, 그리고 사십 대의 여급이 있으면 이상 이야기를
하면서 물어보면 되지."

박인환은 가까이 있기는커녕 만난 적도 없는 마유미 때문
에 이상의 죽음을 새삼스레 서러워하며 빈속에 술을 마셨다.

"이상과 마유미를 위해, 그리고 우리들 청춘의 고독을 위해!"

이 모습을 지켜본 공초 오상순이 담배 연기를 날리면서
술잔을 들어 동참했다.

"관 뒤에 누가 따라오느냐, 죽어선 모르지만 아 그래도
누가 올 것이다."

박인환은 이상의 관 뒤를 따르는 자가 바로 다름 아닌 자
신이 될 줄 모르고 죽음을 예견하듯 말했다.

"봄이 오면 이국 항구를 돌아다녀야겠어."

그날 박인환은 자신이 다 피운 담뱃값 은종이에 글을 써서 이진섭에게 주었다. 그가 쓴 마지막 글이었다.

"인간은 소모품, 그러나 끝까지 정신의 섭렵은 해야지."

그러면서 그가 탄식처럼 혼자 중얼거렸다.

"누가 알아, 절필이 될지."

오늘은 3월 열이렛날
그래서 나는 망각의 술을 마셔야 한다
여급 '마유미'가 없어도
오후 3시 25분에는
벗들과 '제비'의 이야기를 하여야 한다.

운명이여
얼마나 애태운 일이냐
권태와 인간의 날개
당신은 싸늘한 지하에 있으면서도
성좌를 간직하고 있다.

정신의 수렵을 위해 죽은

랭보와도 같이

당신은 나에게

환상과 흥분과

열병과 착각을 알려주고

그 빈사의 구렁텅이에서

우리 문학에

따뜻한 손을 빌려준

정신의 황제.

- 박인환, 「죽은 아폴론 - 이상(李霜) 그가 떠난 날에」 부분

이상 추모의 밤, 박인환은 마치 누군가 계단 아래에서 끌어당기기라도 한 것처럼 또다시 이층 계단에서 굴러 떨어졌다. 송지영은 그를 집까지 바래다주었다. 박인환은 이상이 죽은 다음 날, 그리고 그다음 날에도 술을 마셨다.

3월 20일 아침, 박인환은 아픈 딸아이를 데리고 오전 10시에 소아과에 갔다.

"첫 시집입니다."

박인환은 『선시집』 한 권을 의사에게 내밀었다. 마침 환자가 없어 두 사람은 잠시 동안 시에 대한 이야기를 나누었다.

"그런데 요즘 시 중에는 무슨 소리인지 알 수 없는 시가 많은데 무슨 경향입니까?"

그의 시집을 뒤적거리면서 의사가 물었다.

"제1차 세계대전 후 회화의 피카소 같은 사람들의 초현실주의의 영향을 받고 그랬지요. 저도 전에는 이런 식으로 썼지만 시란 회화와는 달라 역시 그리하여서는 못 쓰겠어요. 그래서 저는 근자에 그리 난해한 시는 안 쓰기로 했습니다."

병원 문을 나서면서 박인환은 어린 딸을 등에 업었다. 딸은 열이 있었다. 그런데도 바람 속을 걷는 그는 어쩐지 발목이 시렸다. 그는 사랑하는 딸 세화를 '세파'라는 애칭으로 불렀다. 전쟁의 포화 속에서 태어난 딸을 데리고 3개월 동안 일곱 번이나 이사했던 것을 생각하니 가슴이 아팠다. 이 어린것을 안고 눈보라 치던 겨울에 화물열차를 타고 피란을 다니던 시절을 생각하니 등에 업힌 딸의 무게가 지나온 삶의 무게처럼 느껴졌다.

"세파야, 비밀 한 가지 알려줄까? 세형이 오빠랑 세곤이한테는 비밀이야. 봄이 오면 우리가 만든 꽃밭에 꽃이 필거야. 아빠가 몰래 꽃씨를 심어놓았거든."

박인환에게는 꽃밭을 만든 자리에 묻혀 있던 문우들의 원고를 파내 포화 속에서 지프차를 타고 부산까지 달려갔던 기억이 통증처럼 남아 있었다. 후반기 원고가 꽃씨라면 지금쯤 활짝 피어났어야 했다.

"아빠, 신발이 벗겨졌어!"

오던 길목을 되돌아 자신이 찍은 발자국을 되짚어 걸으면서 그는 매서운 칼바람이 태평양을 건너온 바람처럼 다정하게 느껴졌다. 길 위에서 어린 딸의 신발 한 짝을 주워 올리면서 그는 어디서 날아왔는지 나비 한 마리가 팔랑거리며

176

날아가는 모습을 보았다. 수의를 입은 듯한 흰나비는 마치 그의 옷깃에서 막 날개돋이를 끝낸 듯 비틀거리며 허공 위를 날아갔다.

"봄에 흰나비를 처음 보면 누군가 세상을 떠난다지."

그는 무심코 어린 시절 어머니가 하시던 말을 떠올렸다. 봄빛은 나비의 날개에 묻은 분가루처럼 시리도록 눈이 부셨다.

그는 손 뼘으로 어린 딸의 발 크기를 가늠해보면서 조그마한 발에 신발을 신겨주었다. 어린 딸의 신발은 낡아서 새 신이 필요했다. '어디서든 원고료가 생기면 딸아이 새 신 한 켤레를 사줘야지.'

"세파, 아빠가 새 신 사줄 테니까 아프지 마렴."

그가 혼잣말을 하듯 중얼거렸다. 그의 발등에 작은 발을 올려놓고 걸음마를 하던 어린 딸이 어느새 이렇게 부쩍 큰 것이었다. 다음 날이면 결혼 9주년이었다. 덕수궁에서 결혼식을 올리던 그날도 봄을 시새우는 꽃샘바람이 불었다.

그날 박인환은 어린 딸이 아파서 병원에 가느라고 아침

을 먹지 못했다. 눈에 넣어도 아프지 않은 어린것이 아프면 기운이 떨어져 모든 것이 봄바람과 함께 사라지는 것만 같았다.

봄빛이 완연해 세탁소에 맡긴 우윳빛 바바리코트를 찾을 수도 있었지만 그의 마음은 스산할 뿐 아직 봄을 맞을 준비가 되지 않아 겨울 코트를 입은 채 그대로 집을 나섰다.

“아빠, 일찍 와.”

어린 딸이 풀기 없는 목소리로 말했다.

“그래, 일찍 올게.”
“약속.”

그는 어린 딸의 조그만 손가락에 새끼손가락을 걸었다. 박인환은 종로에서 화가 김훈과 소설가 송지영, 극작가 이진섭, 시인 이봉래를 만나 빈속에 그들과 함께 술을 마셨다. 박인환은 그렇게 친우들과 지상에서의 마지막 술잔을 나누었다. 생애의 마지막 하루가 그렇게 저물어가고 있었다.

일찍 오라고 한 어린 딸의 모습이 자꾸 떠올라 그는 평소

보다 이르게 술자리에서 일어났다. 집 앞 골목길에 들어서자 그는 갑자기 자신의 잿빛 그림자가 낯설게 느껴졌다. 단 한 번도 자신의 그림자에게 다정하게 말을 걸어본 적이 없었던 그는 문득 오른손을 내밀어 화해하듯 악수를 청하고 싶었다. 시를 쓰는 동안 그의 오른손은 평생 미라처럼 붕대를 감고 살아온 것만 같았다. 흰 눈처럼 하얀 붕대가 달빛에 조금씩 풀려나갔다. 이상의 시처럼 손을 내밀어도 악수를 할 줄 모르는 왼손잡이 그림자.

갑자기 파도에 흔들리는 배처럼 그림자가 휘청거리더니 멀미를 하듯 속이 울렁거렸다. 골목에서 집까지의 거리가 태평양을 건너듯 아득하게 느껴졌다. 환청일까? 갑자기 뇌리에서 종이 울리듯 머리가 깨질 것만 같았다. 그 종소리는 이내 총소리가 되어 끝내 그의 심장을 향해 불을 뿜었다.

탄환은그의왼편가슴을관통하였으나그의심장은바른편에있다

저녁 8시 반이 되어 집으로 돌아온 박인환은 수돗가에서 토한 후 갑작스러운 심장마비로 쓰러지고 말았다.

박인환의 흐릿한 시야에 결혼 10주기 때 쓰려고 미국에서 사온 꽃봉투의 꽃들이 어두운 허공에 분수처럼 흩어졌다. 꽃

잎 사이로 사랑하는 아내와 아이들의 모습이 차례로 스쳐갔다. 세상을 다 얻은 것 같았던 첫아들 세형, 포화 속에서 태어난 가엾은 딸 세화, 언제까지나 목말을 태워주고 싶은 막내아들 세곤, 그 어린것들이 눈에 밟혀 그는 차마 눈을 감을 수가 없었다. 이대로 눈을 감는다면 다시는 이들의 모습을 볼 수 없을 것만 같았다.

"아, 답답해. 생명수를 좀 줘!"

이것이 그가 남긴 마지막 말이 되었다. 1956년 3월 20일 밤, 벽시계가 9시를 알리고 있었다. 박인환, 그때 그의 나이는 서른하나였다.

박인환은 그의 시에 나오는 미스터 모처럼 아무런 이유 없이 그렇게 생과 작별하고 말았다. 그의 주머니 속에는 마지막 유고 시 한 편이 있었다. 며칠 후 물고(사회적으로 이름난 사람이 죽음) 작가 추도회의 밤에 낭송할 시였다.

당신들은 살아 있었을 때
불행하였고
당신들은 살아 있었을 때

즐거운 말이 없었고
당신들은 살아 있었을 때
사랑해주던 사람이 없었습니다.
(……)

당신들은 살아 있는 우리들의
푸른 시그널
우리는 그 불빛이 가리키는 방향으로
당신들의 유지를 받들어 가고 있습니다.

- 박인환, 「옛날의 사람들에게-
물고작가(物故作家) 추도희의 밤에」 부분

신문마다 그의 죽음을 알리는 기사가 실렸다.

"시인 박인환 씨 자택에서 별세"

시인 박인환은 3월 20일 하오 9시 경 세종로 자택에서
심장마비로 별세하였다. 31세의 젊은 시인으로서 가장 첨
예하고 지적 감각을 지니고 우리나라 시단에 새로운 작풍

을 제기시켜 주려고 노력하였는데 작품집으로는 지난겨울
에 백여 편을 엮은 『선시집』을 내놓았다. 유가족으로는 부
인과 2남 1녀가 있다. 동씨의 장례식은 시인장으로서 22일
상오 11시에 자택에서 거행되리라 한다.

- ≪조선일보≫, 1956년 3월 21일자

살아생전 그를 사랑했던 문우들은 자신 대신 죽어간 것만
같은 박인환의 죽음 앞에 뜨겁게 오열했다. 누군가는 유족에
게 양해를 구하고 평소 박인환이 좋아했던 조니워커를 살아
생전 마음껏 사주지 못해 미안하다며 그의 입에 따라주기도
했다. 친우들은 박인환이 살아 있을 때처럼 대작하듯이 술잔
을 돌아가며 올렸다.

장례식 날, 문우들은 박인환이 태어난 해가 병인년인 것을
보고 놀라워했다. 아무도 그의 나이를 정확하게 아는 사람이
없었다. 적어도 그보다 대여섯 살은 위인 줄만 알고 있었다.
그토록 성급하게 가려고 그는 자신의 나이를 높인 것일까?

'관 뒤에 누가 따라오느냐? 죽어선 모르지만 아 그래도
누군가가 따라올 것이다.'

박인환의 장례식 날 그의 관 뒤에는 그의 죽음을 슬퍼하는 수많은 벗들이 뒤따랐다. 시인 조병화는 그의 죽음을 애도하며 눈물을 삼키며 조사를 읽었다.

장미의 성좌

- 시인 고 박인환의 관 앞에서

인환이

너는 가는구나

1956년 3월 20일 오후 9시

31세의 짧은 생애로

너는 너의 시와 같이 먼지도 없이

눈을 감았다

시를 쓰는 것만이 의지할 수 있는 단 하나의 인생이오

인생은 잡지의 표지처럼 쓸쓸한 것도 아닌 것

외로운 것도 아닌 것

이렇게 너는 말을 했다

너는 누구보다도 멋있게 살고

멋있는 시를 쓰고

언제나 어린애 같은 흥분 속에서 인생을 지내왔다

인환이

네가 사랑하고 아끼고 돈은 없어도

언제나 만나면 즐거운 너의 벗들이

지금 네 앞에 이렇게 모두 고개를 숙이고 모여들 있다

너는 참으로 우정의 배반처럼

먼저 떠나가는구나

경쾌한 네 목소리도

흥분 속에 타오르는 너의 시와 평론도

정열적인 너의 고독과 비평도

이제는 끝을 막는구나

네가 없는 명동

네가 없는 서울, 서울의 밤거리

네가 없는 술집, 찻집, 영화관

참으로 너는 정들다 만 애인처럼

소리 없이 가는구나

인환이
1950년대의 우리 젊은 시단은
항시 네가 이야기하던
「장미의 온도」와 같은 너를 잃었다

인환이 잘 가거라
너의 소원대로 너의 사랑하는 벗들은
지금 너의 관이 나가는 이 마당에 모두 모여들 있다

죽음이라는 것은
멀고 쓸쓸한 것이라는데
편히 가거라
쉬어서 가거라
편히 쉬어라

　박인환의 유족으로는 서른 살 꽃다운 아내 이정숙과 아홉
살 세형, 그리고 일곱 살 세화와 네 살 된 세곤이 있었다.
어린 딸 세화는 아빠의 새끼손가락을 만지작거리면서 하염없
이 눈물을 떨어뜨렸다. 일찍 온다고 손가락을 걸며 약속했던

아빠가 그 약속을 지키지 않고 그렇게 일찍 하늘나라로 가 버린 것이었다. 새 신을 사주겠다고 하던 아빠의 말은 한 켤레의 꿈이 되고 말았다.

상주인 세형은 죽음이 무엇인지도 모르는 채 마루 끝에 들이치는 빗물을 손바닥으로 받았다. 눈물처럼 하얀 봄비였다. 세형의 나이는 아버지가 평생 쓴 시의 나이와 같았다. 아버지의 미소로 환해지던 세상은 사라지고 말았다. 어린 상주는 눈물이 채 마르기도 전에 아버지를 대신해 가장으로 커나가야 했다. 동생 세곤이 태어났을 때 빗길에 미끄러져 생긴 팔의 상처는 아버지 대신 아우를 아껴주라는 말씀으로 세형의 가슴에 아로새겨졌다.

“아버지!”

세형은 마지막으로 아버지를 불러보았다. 여느 아침처럼 잠에서 깬 아버지가 자리에서 벌떡 일어날 것만 같았다. 진정으로 부르면 죽은 사람도 그 목소리를 듣는다고 하지 않던가. 화답하듯 아버지가 만든 꽃밭에서는 파릇한 싹이 고개를 내밀고 있었다.

박인환의 아내는 그의 『선시집』 책갈피 사이에 그가 미국

여행지에서 보내온 영화표 두 장을 끼워 관 속에 넣어주었
다. 박인환을 망우리 묘지에 묻던 날 장대비가 억수같이 쏟아
졌다.

젊은 시인의 죽음 - 봄과의 첫날밤

고요히 말없이 봄비를 받아
첫날밤의 눈물로 삼는가
흙은 풀린 자리에 태몽을 안고
영생의 푸른 잔디를 마련하여
멀리 산과 뫼를 부르고 전하여
돌아온 육신자의 영혼을 재운다

보라 이 사람을…… 잠시 동안 그가
지상에 머물렀던 자취를
빛을 보면서 눈을 감고
허물어진 벽에 기대이던 곳을
이제 그는 가난한 양식의 배정을 끊고
한 벌 옷조차 벗고 갔다
이로서 죽음은 끝나고 생 이전이 실현되나니

아침저녁 품은 꿈은 젖은 흙에 돌아가 묻히다

- 김광섭, 「고 박인환을 묻고 돌아온 밤」

친우들이 세운 박인환의 묘비에는 「세월이 가면」 한 구절
이 새겨졌다.

지금 그 사람 이름은 잊었지만
그 눈동자 입술은 내 가슴에 있네

시인 박인환, 그는 지금 비바람과 눈보라의 세월에 묻혀
망우리에 고이 잠들어 있다.

15

박인환을 보내며_ 문우들의 기록

1981년 근역서재에서 발간된 『세월이 가면』은 박인환의 문우들이 그를 추억하며 낸 글들이다. 타인의 그늘이 나의 그늘이 되고, 타인의 죽음이 나의 죽음이 되었던 그 시절의 이야기다. 박인환에 대한 그들의 기록을 옮긴다.

인환과 나: 그는 피다가 만 현대의 해바라기

김경린(시인)

까치가 흰 외이셔츠에다 봄을 입에 물고 명동 거리에 착륙하던 그 어느 날이었다. "인환, 작야 음주로 급사, 봉래." 이와 같은 이봉래의 메시지를 나는 너무나 뜻밖의 일이어서 믿지 않았다. 아니 믿지 않으려고 했다. 그러나 그것은 엄연한 사실로서 우리 앞에 다가왔다. (······)

그러나 사람은 냉정한 동물이라고 누가 말했던가. 미망인 정숙 여사가 유가족의 생활을 위해 어려움이 많았으리라 생각했지만, 그리고 인환의 유고집을 내고 싶어 한다는 말도 있었지만 아무도 이를 돕지는 못했다. 그러나 바람 속에서 시달리면서도 그들은 살았고, 또 자라고 있었다.

그 후 나는 직장 일로 해서 부산, 울산, 대전, 여수 등지를 돌면서 나라의 공업화의 터전을 닦는 데 땀을 흘리고 있었다. 그러던 어느 날, 나는 광주의 어느 서점에서 박인환 시집 『목마와 숙녀』를 발견했었다.

아버지

시인 박인환

당신께서 가신 지 20년이 됩니다.

서른하나라는 젊은 나이

당신께서는 눈을 감지도 못하셨습니다.

이렇게 시작되는 그의 사자(嗣子)인 세형 군의 후기는 매우 애절했다. 인환이 지구 밖 긴 여행을 떠나던 날, 아홉 살에 불과했던 세형 군이다. 나는 후기를 읽고 또 읽으며 매우 대견스럽게 생각했다. 이래서 사람들은 후예를 보석처럼 소중하게 기르며 닦아주고 핥고 하는 것일까.

나는 오늘도 그가 살던 광화문 비각 앞을 지나왔다. 지금은 교보빌딩의 뒤뜰이 되어버린 인환이 살던 그 집의 자리 —한때 이 빌딩의 사무실에서 근무했던 나는, 때때로 그가 살던 자리를 두드러보곤 했었다.

"경린이, 왜 요즘 시를 쓰지 않지?" 그렇게 그는 재촉하는 것만 같았다. 그래서 나는 태양이 빛나는 서울의 하늘 아래에 다시 돌아와서 나의 시 작품과 시론들을 정리하고 있다. (……) "인환이여, 안심하라. 현대 시는 많이 발전했고 앞으로도 더욱 힘차게 자라나갈 것이다."

그러나 나는 이 글을 끝맺으면서 그의 너무나 짧았던 시작(詩作) 기간을 못내 아쉬워하는 것이다.

한 줄기 눈물도 없이: 부정의 정신과 휴머니즘

김규동(시인)

박인환!

이승을 떠나간 친구들이 너무나 많은 중에서도 시인 박인환만큼 선명한 모습으로 내 기억의 회랑(回廊)에 그림자를 드리우는 인물도 드물다. 그는 조금치도 변하지 않는, 여위고 흰 얼굴로 내게로 와서 하고 싶은 많은 이야기를 내뱉지 못하는 사람처럼 머무적거린다. 머무적거리는 것이 아니라, 멋있는 화술을 준비하기 위해 첫마디를 내던질 순간의 정적이나 기회를 노린다는 표정으로 가까이 와서 잠시 멈춰 선다. 이런 박인환의 모습은 25년이 흐른 오늘에도 살아 있던 시절의 어느 사진보다도 더 선명하고 또렷하다. 나는 갖가지 널려 있는 추억의 문을 열고 그와 더욱 다정히 앉기를 원하며 그의 손을 잡고 싶다.

그의 암시나 제스처, 일부러 꾸며내는 약간 굵은 목소리가 생각난다. 그 무엇에 대한 비평을 위하여 광대 짓을 하는 당돌함이나 좌절을 느끼는 고뇌에 찬 모습 또한 지울 수 없다. (……)

나는 나도 모르는 사이에 먼 나라로

여행의 길을 떠났다.

수중엔 돈도 없이

집엔 쌀도 없는 시인이

누구의 속임인가

나의 환상인가

「여행」이란 시는 알기 쉬운 심경 묘사의 시다. 막연하게 길을 떠난 시인의 방황과 이름 지을 수 없는 설움이 이 한 편의 시에 담겨 있다. 인환의 솔직한 심정의 고백이 너무나도 서럽고 가엾은 것이어서 차라리 야릇한 감상에 젖게 된다. 그러나 이 센티멘털한 서정은 단지 그러한 현실적 불행이나 절망에만 차서 언제까지나 머무르는 것이 아니라 열린 세계로 향하는 생동하는 의지가 잿더미 속의 불씨같이 살아 있다. 상표도 없는 담배의 연기는 나의 자랑이요, 외로움이라고 말하는 곳에 인환의 싸늘한 지성이 스스로를 조용히 껴안는 모습이 깃들어 있어 보인다. (……)

인환이 지금 우리와 함께 지상에 살아 있다면 그는 어떻게 하고 있을까? 그는 여전히 시를 쓸 것이다. 써도 좀 더 투명하고 명확하게 쓸 것이다. 어쩌면 더 당당하게 시를 쓸 것이다.

시인 박인환

박태진(시인)

우리나라의 문인 작가로서 박인환이나 윤동주처럼 고인이 되고도 두고두고 이야기된다는 것은 드문 일이다.

참 다행한 일이다. 동주는 나의 예과 시절 내가 다닌 대학을 한 학기가량 거쳐 갈 때 얼마간 사귄 일이 있다면 인환은 한 5년을 실히 사귀었으리라. (……) 물론 그들의 활동 기간은 짧아서 이른바 작품 세계를 이룩하기에는 미흡했지만 그들은 시인으로서 타고난 재질이 그만큼 뛰어났다는 것을 말해주고 있다. (……)

명동 큰길에서 어쩌다 마주치면 동행하던 진섭은 인사를 나누었지만, 인환과 나는 서로 인사를 하지 않았다. 봉래도 나와 같은 자세였다.

못잖게 인환도 프라이드가 강했고 또한 요즘 말로 비싸게 굴었다. 하기는 방금 작품을 발표하기 시작한 무렵이라 자부심이 대단들 했던 것은 사실이다. (……)

서로 알고 지내기로 새삼스레 악수한 것이 1·4 후퇴로 대구에 피란한 지 얼마 되지 않아서였으리라. 그러니까 1951년이다. 피란 온 문인들이 종군작가의 신분을 얻어 그 무렵

194

의 전원 다방에 매일 출근하다시피 하던 때이다.

이봉구 형이 곁들어서 서로 알고 지내기로 했고, 그 뒤로는 누구보다도 가까이 지내게 됐다. 나는 이 무렵 교편을 버리고 미군의 어떤 부대에 통역과 번역에 종사하면서 생계를 유지하고 있었다. 그 부대는 대구에 있었다. 그 뒤 내가 부산에 내려가 새 직장을 얻을 무렵은 피란의 문단이 그런 대로 자리 잡고 있었다. 물론 우리는 가난했지만, 인환은 유달리 그 나름의 재치를 회복했고, 겉으로는 누구보다도 명랑했다.

그러던 어느 날 인환이 수영을 데리고 야자수 다방으로 나를 찾아와 그의 직장을 걱정했는데, 나는 내 장인의 힘을 얻어 수영에게 직장을 얻어주었다. 그것이 수영의 연보에 나오는 대구의 미군 수송부대의 통역이다. 인환과 수영의 사귐은 더 오랬고 더 가까웠던 것 같다. (……)

1956년 나는 런던으로 장기 출장을 떠났다. 말하자면, 나는 인환의 타계 소식을 런던에서 들었다. 이 소식을 서신으로 알려준 사람이 다름 아닌 김수영이었다. 나는 그 편지를 읽은 날 런던 밤거리를 늦게까지 헤매며 인생무상을 절실하게 느꼈고, 템스 강가의 투박한 벤치에 앉아 자정이 넘도록 시간 가는 줄을 몰랐던 일이 아직도 기억에 새롭다.

인간은 소모품

이진섭(극작가)

인간은 소모품, 그러나 끝까지 정신의 섭렵은 해야지.

1956년, 3월 17일, 종필(終筆)로 써준 인환의 글이다.

할 얘기가 뭐 있겠나? 지금 머릿속에는 몇 년 전의 인환의 묘지가 쓰린 기억으로 되살아난다. (……) 그러던 세월 속에 지낸 어느 해, 애들도 다 자라 제 아비의 정신을 찾고 시집 『목마와 숙녀』를 내고 또 새로 추모 문집을 낸다고 한다. 반갑고 기특한 일이다.

그 무수한 묘지 사이에 끼어 우리들의 비문이 '망우'란 어느 동네 이름으로 비바람에 씻기고 깎여서 그대로 있더군.

나는 두서너 번 가보았다. 여전했다. 모든 것이 나와의 인연이 이처럼 그렇게 됐다 하고 지난 세월을 생각해보았다.

죽은 김수영의 말, "시를 제 목숨처럼 사랑하고 간 친구니까 존경해야지" 하는 이야기를 기억한다. (……)

딜런 토마스라는 시인의 시를 좋아한 나의 심중을 알고 그는 배를 타고 태평양을 건너갔다. 갔다 와서 책 한 권을 전해주었다. 그리고 어느 날 청운동 내 집에 와서 그 책을 가지고 갔다.

"분명 주긴 준 것이다. 그러나 시인은 나니까 내가 가져
야 당연하지, 안 그래?"

언제나 제멋대로 생각하고 남이야 어떻든 순간을 불사르
는 '그 콧대'를 아무도 꺾을 길이 없었다. 자기 본위 — 에고
이즘(egoism)의 극치. 그는 죽을 때까지 '에고티즘(egotism)'
과 '에고이즘'의 구별을 못하고 갔다. 얼마나 행복한가. 시로
승화시키기에 몸부림쳐야 할 삼십 대 초입에서 그는 발광하
다가 말고 아깝게 간 것이다. (……) 별안간 죽고 난 뒤 왜들
그리 문학인들이 깜짝 놀라 모여들었을까? 수복 직후의 모든
모자란 시간과 공간 속에서 그나마 인환의 순수한 어린애
같은 숨결이 그날그날 만난 사람들의 가슴속에 새겨져 있던
것이다.

그래서 '죽었다'니까 '나 대신 간 것'처럼 많은 문인들이
골목이 미어지도록 열을 지어 제 설움을 같이 털어 애석해
한 거다.

너무나 순수했다.

너무나 제 마음대로였다.

너무나도 스스로를 자학하다가 갔다.

그는 갔다, 영원히…….

인제 나는 가까이 있었던 한 친구로서 더 이상 할 말이 없다.

저 세상에서 두 눈을 휘둥그레 뜨고 무엇인가 한마디 던지겠지.

내 조용히 받아주마.

나를 부르는 소리

조병화(시인)

인환! 그는 한 마디로 말해서 시를 아는 시인이었다. 그 멋을 아는 시인이었다. 그 멋을 만들 줄 알고, 그 멋을 만들려고 부단히 애를 썼던 시인이었다. 오만하고, 예리하고, 재치 있고, 센스 있는, 능력 있는 시인이었다. (……)

커피 한 잔도 비굴한 건 마시지 않는 정신적인 귀족, 실은 그는 직장에 있어서는 안정이 되지 못했다. 그러면서도, "어서 겨울이 왔으면 좋겠다. 여름은 이게 뭐냐. 통속이고 거지지. 겨울이 빨리 와야 두툼한 홈스펀의 양복도 입고, 바바리도 걸치고, 머플러도 날리고, 모자도 쓸 게 아니냐" 어느 여름 날 술집에서의 말이다. 노타이 바람의 여름 차림은 누구나 똑같고 통속적이라는 말이다. 과연 그는 좋은 오버코트를 가지고 있었다. 멋있는 넥타이, 양복, 양말, 와이셔츠, 그리고 소프트 해트(soft hat)를 가지고 있었다. 초겨울부터 겨울옷을 차려 입고 명동에 나타났었다. "병화, 어때?" 하면, "멋있어" 해줘야 했다.

『선시집』이라는 그의 시집이 나왔다. 그는 극도로 흥분한 상태로, "병화, 술 한잔 마시고 싶다. 내 시집이 나왔어"라며

다방에 있는 나를 끌어냈다. 동방 살롱 건너편에 있는 순두
부집으로 들어섰다. 대낮부터 우리 둘은 마시기 시작했다.

무슨 큰일이나 발견한 것처럼 흥분하면서 술잔이 급히 오
고 갔다. 인환은 자기 시를 읽어내기 시작했다.

신이란 이름으로서

우리는 저 달 속에

암담한 검은 강이 흐르는 것을 보았다.

- 박인환, 「검은 강」 부분

나는 시신(詩神)에게 홀린 것처럼 멍하니 그의 흥분 속에
말려들어 가고 있었다. 지금도 내 귀에 그의 음성이 선하다.
(……) 마지막 인환의 얼굴을 본 건, 그가 갑자기 숨을 거둔
다음 날 아침이었다. 전날 밤까지도 진섭 군과 술을 마셨던
그 얼굴이 그렇게도 창백한 얼굴로 변해 석고상처럼 누워
있을 줄이야! 아, 아깝다 그 재주, 그 기질, 그의 생동하는
시의 세계.

200

주요 작품

목마와 숙녀

한 잔의 술을 마시고
우리는 버지니아 울프의 생애와
목마를 타고 떠난 숙녀의 옷자락을 이야기한다
목마는 주인을 버리고 거저 방울소리만 울리며
가을 속으로 떠났다 술병에서 별이 떨어진다
상심한 별은 내 가슴에 가벼웁게 부서진다
그러한 잠시 내가 알던 소녀는
정원의 초목 옆에서 자라고
문학이 죽고 인생이 죽고
사랑의 진리마저 애증의 그림자를 버릴 때
목마를 탄 사랑의 사람은 보이지 않는다
세월은 가고 오는 것
한때는 고립을 피하여 시들어 가고
이제 우리는 작별하여야 한다
술병이 바람에 쓰러지는 소리를 들으며
늙은 여류작가의 눈을 들여다보아야 한다
…… 등대에……
불이 보이지 않아도

거저 간직한 페시미즘의 미래를 위하여
우리는 처량한 목마 소리를 기억하여야 한다
모든 것이 떠나든 죽든
거저 가슴에 남은 희미한 의식을 붙잡고
우리는 버지니아 울프의 서러운 이야기를 들어야 한다
두 개의 바위틈을 지나 청춘을 찾은 뱀과 같이
눈을 뜨고 한 잔의 술을 마셔야 한다
인생은 외롭지도 않고
거저 잡지의 표지처럼 통속하거늘
한탄할 그 무엇이 무서워서 우리는 떠나는 것일까
목마는 하늘에 있고
방울소리는 귓전에서 철렁거리는데
가을 바람소리는
내 쓰러진 술병 속에서 목메어 우는데

세월이 가면

지금 그 사람 이름은 잊었지만
그 눈동자 입술은
내 가슴에 있어

바람이 불고
비가 올 때도
나는 저 유리창 밖
가로등 그늘의 밤을 잊지 못하지

사랑은 가고
과거는 남는 것
여름날의 호숫가
가을의 공원
그 벤치 위에
나뭇잎은 떨어지고
나뭇잎은 흙이 되고
나뭇잎에 덮여서
우리들 사랑이 사라진다 해도

지금 그 사람 이름은 잊었지만
그의 눈동자 입술은
내 가슴에 있어
내 서늘한 가슴에 있건만

거리

나의 시간에 스콜과 같은 슬픔이 있다
붉은 지붕 밑으로 향수(鄕愁)가 광선을 따라가고
한없이 아름다운 계절이
운하의 물결에 씻겨 갔다

아무 말도 하지 말고
지나간 날의 동화를 운율에 맞춰
거리에 화액(花液)을 뿌리자
따뜻한 풀잎은 젊은 너의 탄력같이
밤을 지구 밖으로 끌고 간다
지금 그곳에는 코코아의 시장이 있고
과실(果實)처럼 기억만을 아는 너의 음향이 들린다
소년들은 뒷골목을 지나 교회에 몸을 감춘다
아세틸렌 냄새는 내가 가는 곳마다
음영같이 따른다

거리는 매일 맥박을 닮아갔다
베링 해안 같은 나의 마을이

떨어지는 꽃을 그리워한다
황혼처럼 장식한 여인들은 언덕을 지나
바다로 가는 거리를 순백한 식장(式場)으로 만든다

전정(戰庭)의 수목 같은 나의 가슴은
베고니아를 끼어안고 기류 속을 나온다
망원경으로 보던 수만의 미소를 회색 외투에
싸아
얼은 크리스마스의 밤길로 걸어 보내자

사랑의 Parabola

어제의 날개는 망각 속으로 갔다.
부드러운 소리로 창을 두드리는 햇빛
바람과 공포를 넘고
밤에서 맨발로 오는 오늘의 사람아

떨리는 손으로 안개 낀 시간을 나는 지켰다.
희미한 등불을 던지고
열지 못할 가슴의 문을 부쉈다.

새벽처럼 지금 행복하다.
주위의 혈액은 살아 있는 인간의 진실로 흐르고
감정의 운하로 표류하던
나의 그림자는 지나간다.

내 사랑아
너는 찬 기후에서 긴 행로를 시작했다. 그러므로
폭풍우도 서슴지 않고 참혹마저 무섭지 않다.

짧은 하루 허나
너와 나의 사랑의 포물선은
권력 없는 지구(地球) 끝으로
오늘의 위치의 연장선이
노래의 형식처럼 내일로
자유로운 내일로……

어린 딸에게

기총과 포성의 요란함을 받아가면서
너는 세상에 태어났다 주검의 세계로
그리하여 너는 잘 울지도 못하고
힘없이 자란다.

엄마는 너를 껴안고 3개월간에
일곱 번이나 이사를 했다.

서울에 피의 비와
눈바람이 섞여 추위가 닥쳐오던 날
너는 입은 옷도 없이 벌거숭이로
화차(貨車) 위 별을 헤아리며 남으로 왔다.

나의 어린 딸이여 고통스러워도 애소(哀訴)도 없이
그대로 젖만 먹고 웃으며 자라는 너는
무엇을 그리우느냐.

너의 호수처럼 푸른 눈

지금 멀리 적을 격멸하러 바늘처럼 가느다란
기계는 간다. 그러나 그림자는 없다.

엄마는 전쟁이 끝나면 너를 호강시킨다 하나
언제 전쟁이 끝날 것이며
나의 어린 딸이여 너는 언제까지나
행복할 것인가.

전쟁이 끝나면 너는 더욱 자라고
우리들이 서울에 남은 집에 돌아갈 적에
너는 네가 어데서 태어났는지도 모르는
그런 계집애.

나의 어린 딸이여
너의 고향과 너의 나라가 어데 있느냐
그때까지 너에게 알려줄 사람이
살아 있을 것인가.

불행한 상송

산업은행 유리창 밑으로
대륙의 시민이 프롬나드하던 지난해 겨울
전쟁을 피해 온 여인은
총소리가 들리지 않는 과거로
수태하며 뛰어다녔다.

폭풍의 뮤즈는 등화관제 속에
고요히 잠들고
이 밤 대륙은 한 개 과실처럼
대리석 위에 떨어졌다.

짓밟힌 나의 우월감이여
시민들은 한 사람 한 사람이 ‘데모스테네스’
정치의 연출가는 도망한
아를캥을 찾으러 돌아다닌다.

시장(市長)의 조마사(調馬師)는
밤에 가까운 저녁때

웅계(雄鷄)가 노래하는 블루스에 화합되어
평행 면체의 도시계획을
코스모스가 피는 한촌으로 안내하였다.

의상점에 신화(神化)한 마네킹
저 기적은 Express for Mukden
마로니에는 창공에 동결되고
기적(汽笛)처럼 사라지는 여인의 그림자는
재스민의 향기를 남겨주었다.

미스터 모의 생과 사

입술에 피를 바르고
미스터 모는 죽는다.

어두운 표본실에서
그의 생존시의 기억은
　　미스터 모의 여행을
　　기다리고 있었다.

원인도 없이
유산은 더욱 없이
미스터 모는 생과 작별하는 것이다.

일상이 그러한 것과 같이
주검은 친우와도 같이
　　다정스러웠다.

미스터 모의 생과 사는
신문이나 잡지의 대상이 못 된다.

오직 유식한 의학도의
일편의 소재로서
해부의 대(臺)에 그 여운을 남긴다.

무수한 촉광 아래
상혼은 확대되고
미스터 모는 죄가 많았다.
그의 청순한 아내
지금 행복은 의식의 중간을 흐르고 있다.

결코
평범한 그의 죽음을 비극이라 부를 수 없었다.
산산이 찢어진 불행과
결합된 생과 사와
이러한 고독의 존립을 피하며
미스터 모는
영원히 미소하는 심상을
손쉽게 잡을 수가 있었다.

죽은 아폴론
― 이상(李霜) 그가 떠난 날에

오늘은 3월 열이렛날
그래서 나는 망각의 술을 마셔야 한다
여급 '마유미'가 없어도
오후 3시 25분에는
벗들과 '제비'의 이야기를 하여야 한다.

그날 당신은
동경제국대학 부속병원에서
천당과 지옥의 접경으로 여행을 하고
허망한 서울의 하늘에는 비가 내렸다.

운명이여
얼마나 애태운 일이냐
권태와 인간의 날개
당신은 싸늘한 지하에 있으면서도
성좌를 간직하고 있다.
정신의 수렵을 위해 죽은
랭보와도 같이

당신은 나에게
환상과 흥분과
열병과 착각을 알려주고
그 빈사의 구렁텅이에서
우리 문학에
따뜻한 손을 빌려준
정신의 황제.

무한한 수면(睡眠)
반역과 영광
임종의 눈물을 흘리며 결코
당신은 하나의 증명을 갖고 있었다
'이상'이라고.

옛날의 사람들에게
― 물고작가(物故作家) 추도회의 밤에

당신들은 살아 있었을 때
불행하였고
당신들은 살아 있었을 때
즐거운 말이 없었고
당신들은 살아 있었을 때
사랑해주던 사람이 없었습니다.

나라가 해방이 되고
하늘에 자유의 깃발이 퍼덕거릴 때
당신들은
오랜 고난과 압박의 병균에
몸을 좀 먹혀
진실한 이야기도
사랑의 노래도 잊어버리고
옛날의 사람이 되었습니다.

나는 지금 당신들이 죽어서 이 노래를
부르는 것이 아닙니다.

당신들의 호흡이 지금 끊어졌다 해도
거룩한 정신과
그 예술의 금자탑은
밤낮으로 나를 가로막고 있으며
내 마음이 서운할 때에
나는 당신들이 만든 문화의 화단 속에서 즐길 수 있기
때문입니다.

당신들은 살아 있는 우리들의
푸른 시그널
우리는 그 불빛이 가리키는 방향으로
당신들의 유지를 받들어 가고 있습니다.

사랑하는 당신들이여
가난과 고통과 멸시를 무릅쓰면서
당신들의 싸움은 끝이 났습니다.

승리가 온 것인지

패배가 온 것인지
그것은 오직 미래만이 알며
남아 있는 우리들은
못 잊는 이름이기에
당신들 우리 문화의 선구자들을
이 한자리에 모셨습니다.

당신들은 살아 있었을 때
불행하였고
당신들은 살아 있었을 때
즐거운 일이 없었고
당신들은 살아 있었을 때
사랑해주던 사람이 없었습니다.

허나 지금
당신들은 불행하지 않으며
우리의 말은 빛나며
오늘 이처럼 많은 이들이 모여
당신들을 사랑하고 있습니다.

장미의 온도

나신(裸身)과 같은 흰 구름이 흐르는 밤
실험실 창밖
과실의 생명은
화폐모양 권태하고 있다.
밤은 깊어가고
나의 찢어진 애욕은
수목이 방탕하는 포도에 질주한다.

나팔 소리도 폭풍의 부감(俯瞰)도
화판(花瓣)의 모습을 찾으며
무장(武裝)한 거리를 헤맸다.

태양이 추억을 품고
안벽을 지나던 아침
요리의 위대한 평범을
Close-up한 원시림의
장미의 온도

한줄기 눈물도 없이

음산한 잡초가 무성한 들판에
용사가 누워 있었다.
구름 속에 장미가 피고
비둘기는 야전병원 지붕에서 울었다.

존엄한 죽음을 기다리는
용사는 대열을 지어
전선으로 나가는 뜨거운 구두소리를 듣는다.
아 창문을 닫으시오

고지탈환전
제트기 박격포 수류탄
'어머니' 마지막 그가 부를 때
하늘에서 비가 내리기 시작했다.

옛날은 화려한 그림책
한 장 한 장마다 그리운 이야기
만세 소리도 없이 떠나

흰 붕대에 감겨
그는 남모르는 토지에서 죽는다.

한줄기 눈물도 없이
인간이라는 이름으로서
그는 피와 청춘을
자유를 위해 바쳤다.

음산한 잡초가 무성한 들판엔
지금 찾아오는 사람도 없다.

일곱 개의 층계

가만히 눈을 감고 생각하니
지난 하루하루가 무서웠다.
무엇이나 거리낌 없이 말했고
아무에게도 협의해본 일이 없던
불행한 연대(年代)였다.

비가 줄줄 내리는 새벽
바로 그때이다
죽어간 청춘이
땅속에서 솟아나오는 것이……
그러나 나는 뛰어들어
서슴없이 어깨를 거느리고
악수한 채 피 묻은 손목으로
우리는 암담한 일곱 개의 층계를 내려갔다.

『인간의 조건』의 앙드레 말로
『아름다운 지구(地區)』의 아라공
모두들 나와 허물없던 우인

황혼이면 피곤한 육체로
우리의 개념이 즐거이 이름 불렀던
'정신과 관련의 호텔'에서
말로는 이 빠진 정부(情婦)와
아라공은 절름발이 사상과
나는 이들을 응시하면서……
이러한 바람의 낮과 애욕의 밤이
회상의 사진처럼
부질하게 내 눈 앞에 오고 간다.

또 다른 그날
가로수 그늘에서 울던 아이는
옛날 강가에 내가 버린 영아(嬰兒)
쓰러지는 건물 아래
슬픔에 죽어가던 소녀도
오늘 환영처럼 살았다
이름이 무엇인지
나라를 애태우는지

분별할 의식조차 내게는 없다

시달림과 증오의 육지
패배의 폭풍을 뚫고
나의 영원한 작별의 노래가
안개 속에 울리고
지난날의 무거운 회상을 더듬으며
벽에 귀를 기대면
머나먼
운명의 도시 한복판
희미한 달을 바라
울며 울며 일곱 개의 층계를 오르는
그 아이의 방향은
어디인가.

센티멘탈 저니

주말여행
엽서…… 낙엽
낡은 유행가의 설움에 맞추어
피폐한 소설을 읽던 소녀.

이태백의 달은
울고 떠나고
너는 벽화에 기대어
담배를 피우는 숙녀.

카프리 섬의 원정
파이프의 향기를 날려 보내라
이브는 내 마음에 살고
나는 그림자를 밟는다.

세월은 관념
독서는 위장
거저 죽기 싫은 예술가.

오늘이 가고 또 하루가 온들
도시의 분수는 시들고
어제와 지금의 사람은
천상유사(天上有事)를 모른다.

술을 마시면 즐겁고
비가 내리면 서럽고
분별이여 구분이여.

수목은 외롭다
혼자 길을 가는 여자와 같이
정다운 것은 죽고
다리 아래 강은 흐른다.

지금 수목에서 떨어지는 엽서
긴 사연은
구름에 걸린 달 속에 묻히고
우리들은 여행을 떠난다.

주말여행
별 말씀
거저 옛날로 가는 것이다.

아 센티멘탈 저니
센티멘탈 저니

행복

노인은 육지에서 살았다.
하늘을 바라보며 담배를 피우고
시들은 풀잎에 앉아
손금도 보았다.
차 한 잔을 마시고
정사(情死)한 여자의 이야기를
신문에서 읽을 때
비둘기는 지붕 위에서 훨훨 날았다.
노인은 한숨도 쉬지 않고
더욱 아무것도 바라지 않으며
성서를 외우고 불을 끈다.
그는 행복이라는 것을 말하지 않았다.
그저 고요히 잠드는 것이다.

노인은 꿈을 꾼다.
여러 친구와 술을 나누고
그들이 죽음의 길을 바라보던 전날을.
노인은 입술에 미소를 띠고

쓰디쓴 감정을 억제할 수가 있다.
그는 지금의 어떠한 순간도
증오할 수가 없었다.
노인은 죽음을 원하기 전에
옛날이 더욱 영원한 것처럼 생각되며
자기와 가까이 있는 것이
멀어져 가는 것을
분간할 수가 있었다.

1950년의 만가

불안한 언덕 위에로
나는 바람에 날려간다
헤아릴 수 없는 참혹한 기억 속으로
나는 죽어간다
아 행복에서 차단된
지폐처럼 더럽힌 여름의 호반
석양처럼 타올랐던 나의 욕망과
예절 있는 숙녀들은 어데로 갔나
불안한 언덕에서
나는 음영처럼 쓰러져간다
무거운 고뇌에서 단순으로
나는 죽어간다
지금은 망각의 시간
서로 위기의 인식과 우애를 나누었던
아름다운 연대(年代)를 회상하면서
나는 하나의 모멸의 개념처럼 죽어간다

1926년(1세)　8월 15일, 강원도 인제군 인제면 상동리 159번지에서 아버지 박광선과 어머니 함숙형 사이의 4남 2녀 중 맏이로 태어남. 밀양 박씨 귀정공파 19대 손.

1933년(8세)　인제공립보통학교 입학.

1936년(11세)　서울로 이사. 종로구 내수동에서 얼마간 지낸 뒤, 종로구 원서동 134번지에서 살다. 덕수공립보통학교 4학년으로 편입. 개근상 받음.

1937년(12세)　보통학교 5학년. 우등상 및 개근상 받음.

1939년(14세)　3월 18일, 덕수공립소학교 졸업(1938년 조선교육령에 따라 '보통학교'에서 '소학교'로 개칭). 석차는 66명 중 7등, 교장의 소견의 최적(最適)이었음. 경기공립중학교(현재 경기고등학교)에 입학. 1학년 1조(組)에 분반됨.

1940년(15세)　원서동 134번지에서 같은 동 215번지로 이거. 시와 영화에 관심을 두기 시작.

1941년(16세)　3월 16일자로 경기공립중학교에서 자퇴. 한성학교 야간부에 다니기 시작.

1942년(17세)　황해도 재령의 명신중학교(기독교 재단)에 시험을 치르고 4학년으로 편입.

1944년(19세)　재령 명신중학교 졸업. 관립평양의학전문학교 입학.

1945년(20세) 8·15 광복, 학업을 중단하고 서울로 옴. 종로 3가 2
번지(파고다 공원 정문에서 동대문 방향으로 약 60미터 거
리) 낙원동 입구에서 서점 마리서사를 경영하기 시작.

1946년(21세) 시「거리」발표하며 문단에 데뷔.

1948년(23세) 시「지하실」을 《민성》에 발표. 입춘을 전후해 마리
서사 경영을 그만둠. 4월에 동인지 《신시론》 창간에
김경린 등과 함께 참여. 4월에 이정숙과 덕수궁에서
결혼식 올림. 종로구 세종로 135번지(현재 교보빌딩 주
차장 입구)로 이거. 자유신문사에 문화부 기자로 입사.
시「나의 생애에 흐르는 시간들」을 세계일보에 발표,
「일곱 개의 층계」작시. 12월에 맏아들 세형 태어남.

1949년(24세) 3월 《민성》에 산문「정신의 방향을 찾아」발표. 4월
신시론 동인 5인(김경린, 임호권, 김수영, 양병식, 박인환)
합동시집 『새로운 도시와 시민들의 합창』 출간. 경향
신문사 입사, 동인 그룹 '후반기' 발족.

1950년(25세) 1월 모더니즘 동인 그룹 '후반기'에 참여. 한국전쟁 발
발로 동인지 『후반기』 출간 무산. 9월 딸 세화 출생.
9·28 수복까지 서울에서 피란생활을 하다 큰아이 돌
인 12월 8일 밤 12시 열차를 타고 대구로 가족 모두
피란. 동인동에 가족의 거처를 마련하고 홀로 서울의
신문사로 돌아옴.

1951년(26세) 1·4 후퇴로 경향신문사가 대구에서 전선판 신문을

발행하자 종군기자로 활동. 경향신문 본지가 발행되는 부산을 내왕하다 5월 육군 소속 종군작가단에 참여. 여름 동안 대구에서 지내다 가을에 부산으로 이주. 「신호탄」, 「고향에 가서」, 「벽」, 「문제되는 것」 등 작시.

1952년(27세) 6월 16일 국제신보사가 발행한 《주간국제》의 '후반기 문예 특집'에 시론 「현대시의 불행한 단면」을 씀. 경향신문사 퇴사. 「살아 있는 것이 있다면」, 「어떠한 날까지」, 「부드러운 목소리로 이야기할 때」 등 작시.

1953년(28세) 5월 31일 둘째 아들 세곤 출생. 7월 중순 서울의 옛 집으로 돌아옴. 부산에서 동인들 사이에 후반기 해체론이 있었음.

1955년(30세) 3월 5일 대한해운공사의 상선 '남해호'에 사무장의 임무를 띠고 승선. 부산항을 떠나 일본, 미국을 다녀옴. 5월 13, 17일 조선일보에 「19일간의 아메리카」라는 글을 기고. 대한해운공사 퇴사. 10월 15일 첫 시집 『선시집』 출간.

1956년(31세) 시 「세월이 가면」을 쓰고 이진섭이 곡을 붙여 노래로 만듦. 「죽은 아폴론」, 「옛날의 사람들에게」 등 작시. 3월 20일 밤 8시 심장마비로 자택에서 숨을 거둠. 9월 19일 추석에 문우들이 망우리 묘소에 시비를 세움.

1976년(사망 20주기) 시집 『목마와 숙녀』 출간.

글쓴이_ 강원희(Kang Won-Hee)

한국외국어대학교 영어과를 나왔다. 아동문학평론 신인상, 계몽아동문학상, 세종아동문학상, MBC장편창작동화 대상, 한정동문학상, 미주 중앙일보 단편소설 부문, 미주 크리스천문학상 시 부문 등을 수상했다.
지은 책으로는 창작집 『북청에서 온 사자』, 『화가 이중섭과 아이들』, 『술래와 풍금소리』, 『훈장을 단 허수아비』, 『어린 까망이의 눈물』, 동시집 『날고 싶은 나무』, 『바람이 찍은 발자국』 등이 있다.

그 사람 이름 박인환
ⓒ 강원희, 2011

지은이 ┃ 강원희
펴낸이 ┃ 김종수
펴낸곳 ┃ 도서출판 한울
편집책임 ┃ 이교혜
편집 ┃ 원경은

초판 1쇄 인쇄 ┃ 2011년 11월 14일
초판 1쇄 발행 ┃ 2011년 11월 28일

주소 ┃ 413-756 파주시 교하읍 문발리 535-7 302(본사)
　　　┃ 121-801 서울시 마포구 공덕동 105-90 서울빌딩 1층(서울사무소)
전화 ┃ 영업 02-326-0095, 편집 031-955-0606, 02-336-6183
홈페이지 ┃ www.hanulbooks.co.kr
등록 ┃ 1980년 3월 13일, 제406-2003-051호

Printed in Korea.
ISBN 978-89-460-4539-2　03810

* 가격은 겉표지에 표시되어 있습니다.